虚掷的夏日

〔意〕詹弗兰科·卡利加里奇 著

陈英 译

L'ULTIMA
ESTATE IN CITTÀ

Gianfranco
Calligarich

南海出版公司

新经典文化股份有限公司
www.readinglife.com
出　品

这部小说在其出版后的很多年里，成为一本备受推崇的书，一个独一无二的出版现象。该书于一九七三年获得"未出版作品奖"（Premio Inedito），由加尔赞蒂出版社（Garzanti）首版，一个夏天就卖出一万七千册。随后它从市面上消失，三十多年来都是许多读者在小书摊、二手书店里寻找的作品。直到二〇一〇年，它出现在几篇大学毕业论文中，也被一些读书俱乐部的成员相互传阅。此书在这一年由阿拉尼奥出版社（Aragno）再版，引起评论界的极大反响，被称作"一部杰作的再发现"。后来，该版本也很快售罄，人们在网上寻觅它的踪影，短时间内连第二版也无法找到。出于这个原因，二〇一六年邦皮亚尼出版社（Bompiani）决定再版此书，这是四十三年来本书的第三个版本，我们希望它能走出地下，重新和读者见面。①

---

① 2021 年 FSG 出版社将此书纳入"经典重现"系列推出英文版，让这部一度消失的经典作品进入了全世界读者的视野，该书于 2021 年获得菲茨杰拉德奖。

L'ultima estate in città

献给

萨拉·卡利加里奇

最初降临到人类头上的巨大灾难，
不是洪水，而是干涸。

——桑多尔·费伦齐 [1]

在他浮上又沉下时，
他经历了他老年与青年的阶段。
进入漩涡。 [2]

——T. S. 艾略特

---

[1] Sándor Ferenczi (1873—1933)，匈牙利心理学家，早期精神分析学派代表人物之一。
[2] 出自人民文学出版社 2016 年版《荒原》，赵萝蕤译。

一

　　总之，事情总是这样。一个人竭尽全力想要置身事外，但忽然有一天，不知道为什么，却发现自己身处某个故事之中，一路奔向结局。

　　至于我，我本不想投入这场角逐。我遇到过形形色色的人，有的很成功，有的压根儿还没离开起跑线，但迟早他们都会露出一副不满的神色。因此我得出结论：生活嘛，还是远远看着就好。但我没想到，去年初春的一个雨天，因为缺钱，我遭遇了许多倒霉事。一切都是自然发生的，我从开始就想说清楚一件事：我不怪任何人，我只是握着自己的牌，然后把它们打了出去，仅此而已。

　　总之，这个海湾很美。旁边的海角上有座撒拉逊堡垒，那是一块深入海里一百多米的礁石。回望海岸，我可以看见一道耀眼的海滩，镶嵌在郁郁葱葱的地中海灌木丛中。不远处是一条三车道高速公路，在这个季节里，路上空荡荡的，隧道穿越阳光下熠熠生辉的群山。天空蔚蓝，海水清澈。

如果要选个好地方，没有比这儿更理想的了。

我一直很喜欢大海，从小就喜欢去海滩上眺望大海，这可能是一脉相承的东西。我想，正是这种对大海的热爱，促使我的祖父在地中海的商船上度过了青春岁月。最后，他停留在米兰这座阴郁的城市，养育了很多孩子。我见过这位祖父，他是个灰眼睛的斯拉夫人，去世时身边围着一群重孙。他临终前说想要一些海水。我父亲是长子，他让我的一个姐姐照看他的集邮店，自己马上开车前往热那亚去取海水。我和他一起去的。我当时十四岁，我记得，整个旅途中我们一句话也没说。父亲话一直不多，而我那时在学校表现不好，已经给他惹了不少麻烦，我觉得自己最好保持沉默。那是我去海边停留时间最短的一次旅行，只是装满一瓶海水的时间；那也是最枉然的一次旅行，我们回去时，祖父已经失去了意识。父亲用瓶子里的海水给他洗了洗脸，而他似乎并没有特别享受。

几年后，促使我来罗马的一个主要原因，就是它距离海很近。服完兵役，我面临着下一步如何生活的问题，可我越是观察周围的人，就越是难以做出决定。我的那些朋友想法很明确，他们想大学毕业、结婚、赚钱，但一想到这样的前景，我就觉得难以忍受。那几年在米兰，金钱比往常任何时候都更为重要。整个国家都像着了魔，这就是后来被称为"经济奇迹"①的那些年，在某种程度上我也偶然成了获益者。那段时间，我偶尔为一本医学兼文学杂志写一些斟词酌句但稿费很低的文章，那家杂志社打算在罗马设立一个办事处，聘请我做驻罗马记者。

我母亲想方设法阻止我离开，父亲却什么都没说。父亲默默见证了我融入社会的各种尝试，并把我和几个姐姐进行比较：姐姐们很风光，年纪轻轻就结婚了，丈夫全是公司职员，都是好男人。我要离开，父亲什么话也没说，而我也像去海边给祖父取水那次一样，借机保持沉默。我和父亲从不交流，不知道是谁的错，也不知道这算不算是一种错。但我总感觉，如果直接对父亲说出我的想法，可能会伤害到他。战争——第二次世界大战——期间，父亲

---

① 从第二次世界大战后到 20 世纪 60 年代期间，意大利的国家经济经历了高效的重建和繁荣的发展，这使得意大利从战后贫穷的农业社会转变为欧洲主要的工业大国。

去了很远的地方，显然，他没能避免战争中常遇到的事。任何人经历这些遭遇，回到家时都会和之前不一样了。虽然父亲一直很骄傲，什么也没有说，但看起来他好像总是想要忘记过去：也许是因为他回家时崩溃的样子，也许是因为我们看到了他庞大的身躯在一阵阵电击下痉挛的场景。从某种意义上来说，正是因为这些，我小时候才无法原谅他：他不光彩的职业，他对秩序的热爱，还有对物品的过分珍视。比如，我们不知道他在战场上经历了多可怕的事，但他在回来的第一天，就无比耐心地修理起厨房的一把旧椅子。即使在今天，在近三十年后，他仍然保留着军人的一些特点：耐心，总是昂首挺胸，不习惯问问题。直到今天，我依然清楚地记得，我小时候走在他身旁时那种无畏的感觉，就好像他没给我留下其他任何记忆。直到今天，父亲的脚步依然可以一下子把我带回童年；直到今天，我身处绿色的旷野之中，一想起他那轻巧有力、好像从来不会疲惫的脚步，我就像回到了他身边。那是漫长行军的步伐，在某种意义上，也是将他带回家的脚步。

我最终去了罗马。一切都会很顺利，假如父亲没有出乎意料地放弃了骄傲，陪我来到火车站，站在站台上一直等到火车离开。那是一段漫长而让人难以忍受的等待。他强忍着泪水，脸憋得通红。我们像往常一样，默默地看着对方，但我明白，我们在告别。我唯一能做的就是祈祷火车快点出发，结束他眼中我从未见过的令人痛苦的目光。父亲站在站台上，我第一次发现他比我矮，当他不停转头去看站台尽头的信号灯时，我能看到他头上已经稀疏的头发。父亲高大的身躯一动不动地站在那里，双腿分开，稳稳地站着，仿佛要承受巨大的冲击力。他的双手插在大衣口袋里，像揣着东西。他的眼里闪着泪花，脸色通红。我终于明白了，作为他唯一的儿子意味着什么。我准备开口冲他大喊：我要下车，和他在一起，我们会找到办法，安排好我们的生活，而不是毁掉它。这时火车突然慢慢开动了，我再次沉默，任凭火车把我从父亲身边带走。在火车移动时，我看到他高大的身躯有些颤抖。我逐渐远离，看着他的身影越来越小。他没有动，也没有做任何手势。最后，一切都消失不见了。

　　我的体面并没有持续太久。一年后我被解雇了，说实话，本来可能会更早。杂志社和催生它的"经济奇迹"一起消失了，杂志社彻底关停之前，罗马的这家一直亏损的小办事处是最后被关掉的。我所在部门的主要工作就是给杂志找些广告，时不时写些文章，来迎合那些医生对于文学莫名的喜爱。我的办公室位于台伯河畔一栋翁贝托风格^①的别墅里，里面摆满了包着红缎子的家具。

别墅的主人是乔万尼·鲁比诺·迪·圣艾利亚伯爵，一位衣着出众的男人，五十岁左右，举止潇洒，但有些造作。最开始，他与我很疏远，来我的办公室就好像只是为了打开对着花园的落地窗，好让我闻闻他的丁香花。后来，他出现得越来越频繁，经常坐在我桌子前的沙发上和我聊天。我们越来越熟悉，他向我透露了他真实的财务状况。当他告诉我他已经彻底破产时，我们决定不再使用尊称，而改用"你"相称。

他和妻子生活在一起，那是个身材丰满的金发女人，看起来有些窘迫。因为丈夫经济拮据，他们家只开后门，而且只给面包店的伙计开门。有一次，她去开门时发现外面有个要账的，那人把大厅里一张漂亮的镀金桌子拉走抵账了。因此我被迫扮演了他们的秘书，虽然很不专业，但我心甘情愿，尤其是为了伯爵。我喜欢看到他走进我的办公室，用手梳理一下花白的鬓角，然后忽然伸直手肘，外

---

① 19世纪后期流行于意大利的一种建筑风格，因当时的意大利国王翁贝托一世而得名。

套袖子里露出洁白无瑕的衬衫袖口。"还好吧？"他说，"您在做什么，在工作吗？"这时我便合上打字机盖子，取出酒瓶。他从来不像米兰人那样谈论他的经济问题，只会讲那些让人高兴的事：贵族、名流，尤其会聊到女人和赛马。有时他讲的段子很低俗，但他讲得津津有味，两眼放光。

后来夏天来了，我们习惯在客厅里待着。那时阳光已经从那里移开了，家具搬走后在墙上留下的浅色印迹清晰可见。我深陷在剩下的最后一张沙发上，听伯爵在那架斯坦威三角钢琴上演奏。每天下午，我一听到钢琴的声音，就打电话给附近的酒吧，要一瓶冰镇啤酒，然后去客厅里找他。他穿着一件旧的丝绸家居服，在客厅里投入地反复弹奏他的固定曲目。这些曲子都是我从母亲那里听过的老歌，格什温[①]和科尔·波特[②]的作品，特别是一首名为《罗伯塔》的美国老歌。有时我们会一起唱。

那年的第一个秋日，我收到了关闭办公室的通知。我把这个消息告诉了伯爵，他靠在钢琴旁，露出一个微笑。"好吧，朋友。"他说，"你现在打算怎么办？"他虽然这么

① 乔治·格什温（George Gershwin，1898—1937），美国作曲家、钢琴家。
② Cole Porter（1891—1964），美国作曲家。

说，但我知道，这对他来说是致命打击。两天后，我在整理文件，这时门铃响了，四个搬运工不留情面地将钢琴扛在肩上搬走了。他们艰难地把这台旧斯坦威钢琴从栅栏门里搬出去，琴键应该是碰到了什么地方，街道上传出丧钟般的音符。整个过程，伯爵都没从房间里出来，当我和显然很激动的伯爵夫人握手告别时，他从窗户看着我离开，向我挥手道别。他的动作里有一种决绝的意味，我用我觉得唯一恰当的方式回应了他：我把包放在人行道上，向他鞠了一躬。

办公室关门后的头几天，我待在旅馆里，思索着我的未来。在杂志社上班时认识的人可以提供给我的唯一机会，就是在城外一家制药公司工作，在那里我只能朝九晚六地写广告文案。我觉得自己就像一个被围困的贵族，等待着转机。

那时我每天都去看海。口袋里装上一本书，乘地铁去奥斯提亚，在海边一家小餐馆里读书，度过一天的大部分时光。然后我回到城里，在纳沃纳广场上闲逛，我在那里交了些朋友，都是像我一样四处闲逛的人，大部分是知识分子，他们眼里充满期待，看起来都像流亡者。罗马是我们的城市，她包容我们，抚慰我们。然而到最后我也发现：

工作时有时无，有时一连几个星期都吃不饱饭；旅馆房间又潮湿又阴暗，发黄的、吱吱作响的家具就像是患肝病之人死后留下的干尸。尽管如此，罗马是当时我唯一可以生活的地方。然而如果回忆起那些年，我只能清楚记得极少的几张面孔，极少的事。罗马本身带有一种特殊的醉意，会消除记忆。与其说她是一座城市，不如说是你们内心深处的一部分，一只隐藏的野兽。在她面前，没有任何中间路线，要么就毫无保留地爱她，要么就离开，因为这只温柔的野兽要的就是被爱。不管你们从哪儿来：南方崎岖的绿荫小路，北方起伏的笔直大路，还是你们灵魂的深渊，这座城市唯一收取的过路费就是你们的爱。只要爱这座城市，她就会呈现出你们期望的样子，而你们要做的便是随波逐流，享受当下，荡漾在距离幸福咫尺之遥的地方。你们会拥有灯光闪烁的夏夜；春日里充满活力的清晨，咖啡馆的桌布就像少女的裙裾般随风舞动；寒风刺骨的冬季和漫长的秋天，直到城市看起来病恹恹的，虚弱、疲惫，堆满了踩不出声响的落叶。城市里，你们会看到令人目眩的台阶和喷泉，庙宇的废墟，被废黜的神明夜间的沉默，直到时间失去任何意义，仅仅推动手表继续前行。就这样，你们在日复一日的等待中，也成为城市的一部分，滋养着她。直到一个阳光灿烂的日子，你们嗅到来自大海的风，仰望天空时，发现再也没什么可以等待的了。

　　时不时会有人扬帆远去^①，格劳科和赛琳娜就开启了一段新的人生旅程，他们都是我在纳沃纳广场上认识的人。他们启程之后，我搬去了两人位于马里奥山的公寓。我已经受够了旅馆的房间，有一个可以自己待着的地方，这简直让我难以置信。当我花五万里拉，买下了他们的那辆破阿尔法·罗密欧汽车时，我感觉自己简直实现了人生目标。我把书放在两个行李箱里，就在格劳科和赛琳娜离开的那天，我搬了进去。他们离开罗马，是因为赛琳娜和墨西哥城的一家剧院签了合同，要在那里当两年的布景师，但最主要的是：他们的婚姻出现了危机，格劳科不再画画了。罗马毁掉了他们。他们带着不合时宜的名字和多得出奇的行李离开了。"真是个令人恶心的城市。"格劳科边说边从阳台向外看。

　　"我倒是觉得这里很不错。"

　　"是吗？那你为什么总是喝得醉醺醺的？"

---

① 原文为 alzare le vele，意大利语中的一种固定表达，原意为"扬起风帆"，也可引申为"出发""动身离开"等含义。这一表达在本书中多次出现，是小说的关键词之一，后文中根据不同语境也译作"离开""溜走"等。

"我没有总是喝醉，"我说，"只是经常，这可有很大的不同。"我看了看阳台前绵延的山谷。它一眼望不到尽头，一座多拱桥横在眼前，每天都有几趟火车从桥上经过，像毛毛虫一样狭长又安静。房子两边是两座修道院高大的围墙，黄昏时钟声响起，在远处地平线的映衬下，对面几座房屋淹没在绿色之中。天空澄明辽阔，风景绝美。

"这里归你了。"格劳科指着我们所处的房间说。没必要清点里面的东西：一张旧扶手沙发、一个书架和一张沙发床。另外两个房间的布置也不奢华，大多数是从跳蚤市场淘来的家具，古朴典雅，看起来很舒服。其中一个房间里几乎堆满了画布、油漆罐和画家通常需要的一切。"如果你没钱了，可别把我的画给卖了。"格劳科说，好像会有人想买他的画似的。他出门时说，他还要去城里与某个人道别。他没让我陪他一起去，我猜他是去和某个姑娘道别。大家都知道，他还有个情人。格劳科强壮霸道，在任何情况下，他都不忘吹嘘自己。他也知道，我和赛琳娜相互有好感，但他仍然让我们单独待着。他属于天不怕地不怕的那种人。

赛琳娜还在卧室里，身边是几个还没有合上的行李箱。她有些焦虑地绞着手，走来走去，一定是害怕那几件行李会把她吞噬。"格劳科呢？"她问。我告诉她，格劳科过一会儿就回来了。她继续在房间里来回走动，神情悲怆。当她第三次走过我身边时，我搂住了她，而她紧紧靠在我胸前，有些茫然地看着我。这时我紧紧抱住了她，她的身体变得僵硬，我知道她在拒绝我，她本会同意，如果换一个时间，她可能就同意了，但现在不行，因为为时已晚。我们开始谈论墨西哥，一直到格劳科回来。

"好吧，"格劳科说，"我们走吗？"他悲伤的语气让我有些惊异。刚才经历的告别一定让他特别难过。格劳科站在房间中间，肌肉发达的身体让他看起来有些幼稚，也有些沮丧，就像在重量级比赛中输掉的拳击手。我第一次用同情的目光看着他。

我送他们去了机场，互相亲吻脸颊告别后，我便去露台上看着他们离开。他们走上舷梯时，回过头来寻找我的身影。我们挥手告别，直到他们进入飞机。飞机用了很长时间动了起来，向跑道中央移动，在那儿停了一会儿，仿佛要喘口气。缓慢的滑行之后，飞机开始疾驰，终于起飞，逐渐向上爬升。飞机在阳光下熠熠生辉，最后消失在空中，我便离开了。

回城的路上，我想到了其他几次告别：当我和父亲告别时，当我和圣艾利亚告别时，我想正是这些告别改变了我的生活。事情总是如此，我们成为现在的样子，不是因为我们遇见的人，而是因为我们离开的人。我一边这样想着，一边平静地驾驶着我的老阿尔法。它像鲸鱼一样缓慢，像一群停在树上的鸟儿一样吵闹，也像一片飘过天空的乌云。这辆车曾经的主人数量加起来，简直和一座小镇的人口一样多，但它散发的灰尘和皮革气味令人陶醉。

我决定正式戒酒。我待在阳台上，在阳光下看书，远离酒吧和经常光顾酒吧的人。天气很热，我用甜葡萄酒混合着冰水糊弄自己，炎热的天气使它喝起来不那么恶心。渐渐地，我甚至胖了一些。最糟糕的是晚上，当我走出《体育邮报》报社，就要面对晚上十点到凌晨一点这段致命时间。几个姑娘帮了我，在女人面前，我总是很幸运。在我与酒精抗争的那几个月，我的处境激起了她们的母性。就这样，我经常独自在陌生的床上醒来，因为和我来往的姑娘大多数是老师或店员，有着很严格的工作时间表。正因为如此，我醒来的时刻总是很美好。我起床后在房子里走来走去，打开唱片，找煮好的咖啡（我几乎总能找到），只需要加热一下。然后我走进干净的浴室，里面放满了毛巾、刷子、发夹和神秘的浅色面霜盒。我找到浴盐，在浴缸里待很长时间，最后擦干身子，穿好衣服离开。我关上身后的门，关门声回荡在空荡荡的公寓里。

我通常会在街上买一份报纸，逛逛旧书摊，买些吃的回家，然后决定下午是看书还是看电影，或是去报社。就是在这样一个早晨，我意识到，我口袋里一分钱都没有了。这种情况很常见，但一系列巧合让事情复杂起来：我身后的门关上了；前一天晚上，我把车停在一个遥远的街区；同时，我觉得有一件很重要的事要去办，却一直想不起来，这种感觉让人讨厌。我当时面临的就是这么倒霉的一天，就像衬衣的扣子忽然掉落，我们弄丢了写着地址的笔记本，错过了约会，每次关门都夹到手。那种时候，我们唯一能做的就是把自己锁在家里，等待倒霉的日子过去。但我不能这么做，我淋着雨步行向前。

是啊，雨还在下着。我清楚地记得那天的雨。一场春雨稀稀落落地降在这座健忘而又让人惊奇的城市，每次雨后，这座城市都会散发着芬芳的气味。但在我的生命中，没有任何一天，像故事开始的那天一样芬芳。

二

我到达人民广场时，肚子里空空的，鞋子里全是水。宽阔的广场上停满了车，唯一一束阳光从高空中照射下来，让苹丘山上的观光台熠熠生辉。广场上的两家咖啡店里都挤满了人，因为不能坐在户外，大家都很不耐烦。我看到罗萨蒂咖啡馆的遮阳棚下堆着很多椅子，就拿了一把坐下。我四处张望，想找到一张熟悉的面孔，可以请我吃顿午饭，可是只看到让我受不了的人。雨又下了起来，落在湿漉漉的地上，我前往桑德罗先生的餐吧。他是个上了年纪的酒吧服务员，动作节制得体，开了家雅致的餐吧，里面摆放着红色皮质椅子，墙上挂着印刷画。光顾这家店的主要是知识分子、诗人、电影制作人，还有一些激进派记者，他们在店里吃牛排和胡萝卜。但那天，我自然没有遇到一个关系好到可以请我吃午饭的人。无论如何，我在那家餐吧还算有点信誉，要了一个汉堡和一杯巴罗洛红酒，待在那儿，看我最喜欢的"节目"：桑德罗先生调鸡尾酒。我正看得高兴，这时一把华丽的丝绸伞在门口合上，伦佐·迪亚科诺出现在我面前。他来得真不是时候，我已经不需要他了。自从他去电视台工作，我有一段时间没见过他了。"雷奥！"他看到我，大喊了一声。他穿得特别正式，和他一起进来的留着胡子的大个子男人恰恰相反，那人衣着潦草，一进来就消失在吧台周围的人群中。"你喝什么？"他问。

"我什么也不喝。"

"什么也不喝？"他好像想说些什么，但欲言又止。他带着皮埃蒙特人特有的敏锐，问我什么时候去他家下棋。"我现在已经没时间做正经事了。"他指着正从吧台回来的同伴说。他就是有这点好处，无论和谁在一起，都让人感觉他其实很想和你待在一起。"过得怎么样？"

"我不知道，"我说，"我只是在说我自己的生活。"

"很睿智。"留着胡子的大个子男人拿着酒杯，走到我们跟前说，"很有想法。"他举起杯向我致敬。他穿着一件军用雨衣，戴着一条长及脚面的围巾，胳膊上挂着一把雨伞，摇摇晃晃的。他已经醉了，带着最深的醉意对这个世界指手画脚。他露出一个很丑的微笑，像个历经磨难的人。伦佐说，这个男人清醒时，是最好的电视节目导演，但伦佐可能有很长时间没看到过他清醒的样子了。那位导演笑了一下作为回应，说了声对不起，又去把酒斟满。

"为什么我们今晚不聚一聚呢？"伦佐说。他还说，他已经搬家了，让我重复两遍他的地址，确保我不会忘记。但我不可能忘记。尽管我们不是一代人，我还是觉得跟他在一起很舒服。他除了是位受人尊敬的历史学家，还是一名技艺高超的棋手，而他的妻子维奥拉厨艺精湛。这么倒霉的一天，没有比这更好的结局了。

他们离开之后，我打算碰碰运气。首先我要去报社弄些钱，然后溜进一家电影院看场电影，再去取我的破车，最后去伦佐家。计划如此简单，真让人满足，我顿时极为欣喜。我走出酒吧，雨快要停了，能嗅到雨的气味。大大的水滴砸在地面上，但天空开始放晴，乌云被大片蓝天撕开。我走在湿漉漉、闪烁着阳光的路上，两边都是被太阳照亮的楼房。十分钟后，我哼着强哥·莱恩哈特[1] 版本的

---

[1] Django Reinhardt（1910—1953），法国音乐家，因为能用只有三根手指的左手演奏出优美的爵士音乐，被认为是爵士乐史上的传奇吉他手。

《我的爱人，你在哪儿》，走进了《体育邮报》编辑部。

在编辑部里，打字机前的姑娘，还有头上戴着耳机的几个姑娘看见我，都发出小声的惊叫，向我打招呼，因为通常我不会在这个时间出现。我问罗萨里奥在哪儿，她们指了指一间办公室。恰好就在那时，我的朋友罗萨里奥出现了。他脸色乌青，比他手里唱片的颜色还要深。"真稀罕啊！"他从我的面前经过时说。我听了这话，并没泄气，因为很明显这时没活儿可干，我还是可以向他借钱。他也知道这一点，所以一副拒人千里之外的样子，戴上了接收耳机，开始在打字机上录入他听到的内容。我坐在那儿盯着他看，直到他不得不让步。"你要多少？"他把手伸到口袋里问我。他给了我要求的一半，除此之外我还不得不忍受他的教导："你觉得你还可以这样下去多久？""难道你不知道，编辑部的负责人觉得指望不上你，已经厌倦了吗？""这里很需要人，你为什么不接受这份工作呢？"他为我找到了工作，这让他有了发言权。他是个好朋友，一个忧郁的南方人，有个不太开心的妻子。他的故乡在蔚蓝的伊奥尼亚海①一个海角上，他离开了他的村庄来到罗马，

---

① 地中海的支海，位于意大利东南方，西西里岛以东。

就是想成为一名记者，但他能做的只是听写别人在蜡筒①上录好的文章。这份没有任何创造性的工作消磨了他青春的最后几年，但他不会放弃：他矮小、黝黑，垂头丧气，但不屈不挠。

我起身离开，外面大雨滂沱。水流浇在古罗马广场没有头颅的雕像上，落在倒塌的柱子上，落在广场周围的楼房上，落在午后空荡荡的体育馆上，落在历史悠久的教堂上，荒唐的是，也落在已经溢满水的喷泉上。我在门廊下避了一会儿雨，不得不忍受四溅的水花和路人的咒骂，一些和我一样的落难的人也在这儿避雨。后来我趁着雨小下来的间隙，沿着墙跑到不远处的一家小电影院。当时正在播放一部玛丽莲·梦露的电影。我可怜的爱人，我无法想象她已经死了。我把那部电影看了两遍，吃着瓜子，听着屋顶上轰隆的雷声。离开电影院时，我感觉我更爱梦露了，也更无法接受这个世界。爱人死去本身已经令人悲伤，加上雨天，真是雪上加霜。

夜晚带有某种残酷的东西。人群涌向了街道，有一种诡异的停滞，让交通陷入瘫痪。与此同时，天空中满是饱

---

① 即蜡筒留声机，是一种将声音刻录在蜡质滚筒上的录音设备。由美国发明家爱迪生于1905年发明。

含着雨水的云，有轨电车上方噼里啪啦地闪着火花。报纸头条都在谈论山体滑坡、洪水和火车晚点。城市北部的河流已经决堤，淹没了田地；在公交车站，人们默默地审视着天空。我很不愉快地意识到，现在去取我的老阿尔法已经太晚了，得直奔伦佐家。开始是步行，但没走几步，我就不得不在一家还在营业的商店门口避雨。交通拥堵奇迹般地疏通了，街道也冷清下来。在雨中，收音机正在播报晚间新闻。新闻说，天气将发生变化，春天将来到我们所在的半球。这时一辆出租车出现了，我拦下来，告诉司机应该往哪个方向走。我坐在座位上，拧干裤腿。最后我靠在座椅上，看着窗外的城市，直到计价器告诉我，没法再继续坐下去了。

我到达伦佐家的小楼房时，起风了，房子四周湿漉漉的花园沙沙作响。我到达的那一刻，或许是因为泥土的气息迎面扑来，我想到应该给维奥拉带些花。但天色已晚，我饥饿难耐，双腿快要迈不动了。我要经历最后一次考验：乘坐电梯上楼。整个过程中，电梯吱吱扭扭，发出让人不安的声音。到了三楼，我整理了一下头发，按了门铃。维奥拉出现了，她很惊讶。我还没来得及说什么，她就惊叫了一声，爆发出无法控制的大笑。我看起来一定像个遭遇灾祸的难民。"进来吧，雷奥，"她拉着我的胳膊说，"天啊，见到你真高兴，你是怎么找到我们的？"

她就是这么说的。我站在客厅入口，看到伦佐一跃而起，我意识到他完全忘记了他邀请过我。"雷奥！"这是他这一天第二次大声叫我。屋子里有十几个人，他们带着好奇心默默地转头看着我们。房间里铺了一张宽大的地毯，上面摆放着沙发，他们都舒舒服服地陷在沙发里，满脸都是酒足饭饱的样子。我咬着牙，默默忍受着相互介绍的环节。"你湿透了，"伦佐带着愧疚，关切地对我说，"烤烤火吧，你要点什么？"

"一点运气。"我说。但他已经转过身，推着一车酒向我走来。酒吧之外，我已经有很长时间没见过这么多酒。我犹豫了一下，选了一杯苏格兰威士忌。伦佐在酒瓶中翻找，手推车叮当作响，好像在庆祝成功。有那么几分钟，我是众人的焦点，因为伦佐告诉其他人，我给他那本关于海盗的书帮了不少忙。我一直很擅长帮助别人写作，但伦佐说了很多赞美的话，仿佛那本书是我写的一样。在陷进那张离壁炉最近的沙发里之前，我甚至不得不回答几个关于那本书的问题。我入座之后，就开始践行自己最精通的两门艺术：保持沉默，适应环境。我隐藏踪迹之前，正好发现了一个装满花生的碗。维奥拉来到了我跟前。"嘿！"她说，"你看起来就像一只拿着战利品的小猴子。"她坐在我的沙发扶手上，我把碗放在地毯上。我看着她，我们两年未见，她甜美的脸庞变得丰盈，但腿还是一样，那是我见过的最美的腿。"你愿意冬眠吗？"她问。

"如果是为了爱情，可以考虑。"

"啊！真可爱！"她笑着说，"我正在进行一项调查，结束后我就会做出决定。"她用有些痛苦的语气说："不要糊弄我，我们就谈谈自己的事，谁先来？"她做了个洗牌的手势。"你！"我说。我这么说只是为了争取时间，想想关于自己的事。我在这方面特别擅长，哪怕只是说些有的没的，也总是能让对方感觉我在用心倾听。我在她面前就是这样，实际上，我想利用她说话的空当，努力回想从早上开始就一直在我脑海中涌动的东西。我简直想用整碗花生换取那个答案，想知道那天自己忘记了什么，但没想起来。我只能满足于潮湿的鞋子下火焰的热量，还有酒精带来的安慰。炉火和酒精是让这间客厅变舒适不可或缺的东西，但你永远不会想到：火可以烧毁房子，而酒精让你们相信，自己会冻死在生命中最明媚的早晨。"我再也受不了那间破破烂烂的浴室了！"维奥拉结束了她的话，但我没有听到之前她说了什么。

"我猜，你现在的洗手间特别漂亮。"我说。我想起了他们之前在鲜花广场上那套美丽的老房子。

"噢！简直和皇宫一样！你一定要去看看！"我以为她会牵着我的手，强行拉我去看她的洗手间，"你呢，还是住在市区那家小旅馆里？"但我不需要回答她，因为就在这时，一个声音从另一张沙发传来，要求玩一场棋牌游戏。她不得不离开了。我独自坐在那里，开始看着周围的人。我立刻就明白了：下雨对于他们来说只是一个穿着得体的借口。他们穿着羊毛衬衫、绒布长裤和厚底鞋，让人觉得：哦，他们非常了解外面的世界，那个充满雨水和污秽的世界。他们也知道，只要喝一杯苏格兰威士忌，与朋友聊上几句，就可以忽略外面拍打墙壁的雨声。

我们是围困者，也是被围困者。我在喝第二杯酒时想，我们是疲惫不堪的围困者，深受饥饿和思乡之情折磨。我这样想着，目光总是不自觉地停留在那张巨大的白天鹅绒沙发上。那张沙发上坐着一个男人和一个女孩，他们很随意地坐在那儿，像两只栖息着的鸟。男人坐在沙发扶手上，看得出来他个子比普通人高。他伸出的双手像两只短小无力的翅膀，这让人联想到在远古进化过程中，一只与天空失去联系的鸟。至于那个女孩——她很漂亮，坐在沙发上，就像一只停在小船上等待风暴过去的候鸟：出神，疏离，又隐约有些焦虑。

我再次把装着花生的碗拿在手上，伦佐拉着我的胳膊，硬是把我拽起来，让我跟着他来到人群中。"他们现在对你做了什么承诺？"他说。他指的是他在进入电视台工作之前供职的左翼报纸。"我不知道，我对承诺不太在行。"我是故意这么说的。但他太专注于他想说的，没明白我的言外之意。他说："他们可以承诺让你在电视台工作，而不是让你去革命。好吧，我只是走在了时代前面。"他等我表示赞同，我点了点头。"如果想得到一份电视台的工作，你唯一要做的就是去申请。"他说，"你不知道什么样的白痴都能进去。只要你不是个笨蛋，那你在里面就是天才。"

"当然！"一个深陷在沙发里的女人尴尬地说。自从我进来，她就一直在听一张唱片。"你的这位朋友，"她看着我说，"他看起来不太像海盗。要说像谁的话，倒是很像康拉德笔下那些偷渡的人。你知道，就是那些犯下可怕的罪行后，为了赎罪，从一个港口浪迹到另一个港口的人。天啊，我真爱他！"

"爱谁，他？"伦佐指着我说。

"康拉德。"那女人说。唱片已经结束了，她又从头开始播放。我想知道这两人中，哪个最后会占上风。她摆弄完唱片，又把注意力放在我们身上。她脸上没有一丝痛苦的痕迹，也没有激情，一举一动展示出她的绝对独立，决绝得让我感觉，她不是像其他人一样在母亲的痉挛和鲜血中来到这个世界，而是凭空产生，像蝴蝶一样破茧而出。

"要我说，埃娃，你老坐着，会得阑尾炎的。"维奥拉说。在我的沉默变得让人难以忍受之前，维奥拉来到我们中间。伦佐趁机把我领走了，他又一次挽着我的胳膊，仿佛这间客厅是一个广场。事实上客厅真的很大，但他挽着我的动作有些夸张。我们走了几步后，差点和一个高个子男人相撞，就是之前陪着女孩坐在沙发上的那位。他在客厅里走来走去，看起来就像是临时起意想起飞，结果撞到了家具上。现在那女孩独自坐在白色天鹅绒沙发上，她的手指伸进又长又黑的头发里。她在玩单人纸牌，异常专注，把一副纸牌排列出来，仿佛这样就能得出一个可以拯救她的答案。伦佐把装着酒瓶的手推车拖向她，他注意到了我凝视着的地方，以他一贯的谨慎态度采取了行动："你喝什么，阿丽安娜？"

她把目光从代表自己命运的扑克牌上移开，说："只要是四十度以上的酒，都可以。"女孩对我微笑了一下，她的微笑让我感觉她整个晚上一直在等我。那是一个抬举人的微笑，让得到这个微笑的人受宠若惊、意想不到。这微笑会像棍棒一样击中你，让你觉得只有一件事是明确的，那就是她根本就不在意谁。"那我们玩的游戏呢？"她说，仿佛我能决定今晚的安排。我伸出了张开的手掌。

"给你！"维奥拉说，她把笔和纸拿了过来。"你要和我在一起，知道吗？"她挽着我的胳膊说，"不要为了一个小美女背叛我！"我不得不回到沙发上，发现那碗花生已经不见了。十分钟后，寂静的客厅里，只听到铅笔落在纸上的沙沙声，几声傻笑，恐怕还有我的肚子会发出的咕咕叫。就在这时，一个柔和的声音越过客厅，那个女孩——那个叫阿丽安娜的女孩，离开了沙发，在扶手椅之间走动，简直像一场奇迹。她的身形很纤细，这使她无论做什么都显得很勇敢，包括穿过一间满是朋友的客厅。她每走一步，闪亮的雨靴都会在她的膝盖边发出细微的声音。她最后停在维奥拉的沙发扶手边，俯身耳语了几句。这时埃娃插了一句："阿丽安娜，别这样！你觉得她是傻子吗？"她又对维奥拉说："今天早上，她穿上衣时抓破了皮肤上的一个色斑，一整天都想打电话到威尼斯，和她的医生谈谈。"那女孩瞄了埃娃一眼说，她听说过有人因为抓破了身上的痣，后来死了。"阿丽安娜，你在说什么？"维奥拉说，"你有可靠的主治医生吗？"

好吧，事情就是这样，那女孩去打电话了。我想着找个借口，去弄点吃的。维奥拉看到我心不在焉，还没有开始写下游戏要用的匿名信息，于是对我说："雷奥，你去厨房拿些冰块好吗？实在抱歉让你去，你知道，埃内斯托不在，今天晚上他休息。"这样说来，现在他们还有一个用人。她告诉我怎么去厨房，还提前跟我说，厨房发生了很大的变化，只有冰箱还像以前一样。我心中闪过一丝希望，两年前，他们家的冰箱是整座城市食物储存最丰富的地方。"我的老朋友！"我说，"它还好吗？"

"哦！你知道的，"维奥拉说，"它就是那样冷冰冰，永不满足的唯美主义者。"我已经站起来了。走廊里黑漆漆的，那女孩正缩成一团，坐在地板上打电话。我得跨过她，才能走向厨房。我在墙上摸索开关，想打开厨房的灯，又感觉到她的目光落在我背上。灯亮了，厨房灯火通明，亮得像一间手术室。冰箱立在一个角落，相比于其他家具，显得有点泛黄。冰箱门上的外皮有些脱落，倒像是一种装饰，让它更有一种贵族般的端庄，但我并不害怕。我翻了翻橱柜，想找些面包，然后我果断地走向它。冰箱门打开了，发出轻微的吱扭声。

冰箱里满是法国奶酪，还吹出一阵阵冷风。我用膝盖抵住门，让它一直开着，毫不客气地一口气吃掉半个法国卡蒙贝尔干酪。我拿一把餐刀做杠杆，放在装冰块的盒子下面向上撬，直到那个冰冷的"铝质心脏"和冰箱分离，发出一声惊心动魄的爆裂声。我担心我不仅杀死了冰箱，还毁了整个厨房。我一边吃东西，一边用水龙头放热水，把冰块盒放在下面解冻，然后把冰块倒进小桶里。我回到冰箱前，冰箱门依然开着，像受到了侵犯一样。我在装蔬菜的抽屉里翻找，最后找到一个毛茸茸的、碧绿的西葫芦。我把它轻轻放在盒子留下的划痕上，小心翼翼地关上了门。它不会是第一台把西葫芦放在"心"上的唯美主义者，无论如何，这是我能找到的最接近一朵花的东西。

那个女孩还在黑暗的走廊里，依然坐在地板上。正当我准备再次跨过她时，我感觉有人抓住了我的外套。她的动作很强硬，我甚至还没有反应过来，就发现自己手里拿着桶，半跪在她旁边。我惊讶地发现，她正在哭泣，我想对她说些话，但什么也想不出来，只能默默待在她的身旁。这时，一个戏谑而又令人安慰的男性声音从电话里传出来，重复说她不会死。那女孩一言不发，只是哭着听电话。最后，电话那头的声音消失了，她站了起来，用手背擦了擦鼻子，消失在维奥拉家的洗手间里，留给我没有挂断的电话。我不生她的气，我了解这种人，他们有个特点：当他们向你寻求帮助时，却让你感觉是他们帮了你一个忙。我把电话放回原位，带着一桶冰回到客厅。这时我忽然浑身发抖，我知道这是为什么。这是酒精最让人讨厌的副作用：让我体温失调。我到壁炉的灰烬旁抽了一支烟，不一会儿，女孩也回到了客厅。她的变化十分惊人，没人能想到，她那张傲慢的脸上前一刻还泪流成行。她的目光掠过我，让我觉得自己像一块擦鼻涕的手帕。

大约凌晨三点，聚会结束了。客人们像听到召唤一样离开了沙发。一切都发生得太快，给我的感觉就像在电影放映到最后几米胶片时，放映员加快到了两倍速播放。但这也可能是酒精的作用，我不知道，我只知道在短短一刻钟里，房间里安静下来。窗帘在打开的窗户前飘动，留声机在一堆空杯子和装满了的烟灰缸下，发出空转的嗡嗡声。

维奥拉和女孩在沙发上谈心，伦佐吸着空烟斗，想着心事。我浏览着书架上书的标题，经过墙上挂的画，其中有一幅画的是一辆废弃的货车停在空荡荡的站台上，这让我想到了正停在城市另一边的老阿尔法，我就告诉了伦佐。"你别动。"伦佐正要从沙发上起来，维奥拉对他说，"阿丽安娜可以陪他去，整个晚上我都试图撮合他们，你想让我的计划落空吗？"那女孩什么话也没说，开始收拾茶几上的纸牌，走进前厅去穿外套。维奥拉趁机抛给我一个会意的眼神。过了一会儿，女孩又出现了，她穿着红色塑料雨衣，发出沙沙的声音。她把那副牌放进口袋。"我准备好了。"她说，好像面对行刑队一样。在门口，我和维奥拉约好会打电话，她说会正式邀请我吃晚餐。我在他们已经吃完饭之后没有事先通知就来了，这种事发生一次就够了。"你得走着下去。"维奥拉说，"阿丽安娜讨厌坐电梯。"女孩什么也没说。我们一声不吭，各自下了楼梯，只是在门口等着对方。

外面的空气中充满寒意，还有阵阵温和的微风，春天和冬天在做最后的交接。季节总是在晚上发生变化，在人们没有觉察时交替，我们正在见证这个时刻，这个宏大而又默默发生的时刻。在那个晚上，一切都可能发生。我身旁的女孩，她看起来那么遥远，双手紧抓住雨衣，眯着眼，贪婪地呼吸着法国梧桐的味道。她心满意足，就好像在自家的花园里，身边有一个偶然到访的客人。我装模作样地看着天空。

天色漆黑，深远，大片的云朵在天空飘动。

三

我们坐上车时，街角的时钟指向凌晨三点。晚风吹干了雨后的城市，但地上还有一些积水，像湖泊一样。女孩开着英国轿车，驶过水坑时发出哗啦哗啦的水声。阿丽安娜默默开着车，她似乎对自己的侧脸很自豪。这时我已经想到，我即将从她的生活中消失，就像从某个公交车司机的生活中消失一样，她会砰的一声把车门关上，扫一眼后视镜，看着我离开。她甩了甩头发，问我："现在说说，你叫什么名字？"

"雷奥·加扎拉，"我回答说，"现在我叫这个名字。"

"多忧郁的名字啊！"她说，过了一会儿又说，"让人想起失败的战争。"好吧，经历了那么倒霉的一天，我没心情反驳她，只是在身上摸索着香烟。像往常一样，夜里那个时间，打火机总是没油，我打了几下都没打着。她让我看看后排座椅上有没有，但我在后排座椅上只找到几支香烟、一本普鲁斯特的《去斯万家那边》[1]，还有一瓶法国香水。"喜悦之心[2]。"我用法语念出那个香水的名字，"你是说，你不仅有一颗心，而且还是一颗喜悦的心？"

她笑了一下，我的话似乎让她很高兴。"这是我的解药，"她说，"你和别人住在一起，还是什么？"

"还是什么？"我说。

"你一直都是这样说话的吗？"她问。

我们到了那条路上，停着那辆破阿尔法的地方，我没回答。车子孤零零地停在那儿，没有被偷走。"就是这辆，"我说，"感谢你载我过来。"

"不客气，"她说，"在走廊里发生的事，我向你道歉。今天夜里我情绪有些失控。"

她最后还是提到了那件事。"为什么？"我问。

"哦，没什么。"她边说边熄了火。寂静笼罩着街道，旁边的房子像是隐藏在人行道里。尽管天很黑，天空没有任何颜色变化，但依然让人感觉夜晚正在慢慢转向黎明。

---

[1] 即普鲁斯特代表作《追忆似水年华》的第一卷。
[2] 原文为法语。

凌晨三点以后，充满梦境的夜晚会从深渊里重新爬起来，任何一个值夜班的警察都很清楚这一点。"来一支吗？"她边问边把一包法国香烟递到我面前，那是一种劲儿特别大的烟，"简直能杀死一头正在奔跑的水牛。"

"不了，"我说，"我这一天已经够糟糕了。"

"最好别提那些糟糕的日子。"她说，"你困吗？"

话说回来，我已经到了极限。"不是很困。"我说。

"我一点也不困。"她说，有些迟疑地看了我一眼，沉默了一会儿，"你担心过自己在睡觉时忘记呼吸吗？"她问。我笑了起来，她有些尴尬。

"好吧，"我说，"酒吧是让人忘记恐惧的好地方。我知道有一家酒吧，整夜都开着，虽然那地方没什么名气。"

"哦，你知道，"她边说边发动汽车，就好像一直在等我这句话，"在夜里的某个时刻，我的要求竟然会变得这么低！"

"你指的是我？"

"不，"她微笑着说，"你很讨人喜欢。你是哪儿的人？在罗马，大家基本都来自外地，你注意到了吗？"她的情绪变化出人意料，现在好像十分热情。当我说起米兰时，她说："多么糟糕的城市！"她担心冒犯到我，又补充了一句，但米兰的电车很不错，每次她去米兰，总会坐电车转上一圈。她来自威尼斯，我已经知道了，准确地说来自圣洛克区，这让我想到了丁托列托①的《基督受难》。丁托列托是画家的别称，我想到了他为创作出如此伟大的作品进行的斗争。我问她为什么要离开威尼斯。"为什么？你不看报纸吗？"

"你是说，报纸报道了你离开威尼斯的事？"我问。

"哦，那些地方报纸！"她笑起来，"头版头条上总是有很多讣告！我离开威尼斯是因为大海。"她接着说："你知道自己正沉入大海，这真是太可怕了。"我看着她。我喜欢看着她，虽然她的眼睛太大、嘴巴太刻薄，但眼睛和嘴巴组合在一起，表明了勇气仍一直是人最后的资源。"那辆车是黄色的！"她看见一辆汽车开过，大声说。她会玩一个游戏，那是一种不需要纸牌的游戏，只需要一辆行驶中的黄色汽车。车开过时，玩家需要握着拳头说出一个愿望，直到看见晾晒的衣服、一个留着胡子的年轻人、一条短尾巴狗和一个拄着拐杖的老人，才能松开拳头。这个游戏需要花很长时间来玩。"听我说，"我开口道，"这个游戏花的时间太长了。

① Tintoretto，原名雅各布·罗布斯蒂（Jacopo Robusti，1518—1594），16世纪意大利威尼斯画派画家，代表作《基督受难》现收藏于威尼斯圣洛克大会堂。

我们去喝点东西，然后各自回家，你不觉得这样更好吗？"

"我明白了，"她说，"你也像其他人一样无聊。天啊！人生又不会重来，为什么人们总是活得那么没劲呢？"我只能闭嘴，不然会显得像个公司小职员。直到我们开进了弗拉明尼亚路上的一个服务站，我都没说话。一队载重卡车慢慢驶过，地面在震动，最后它们消失在北方的黑暗中。阿丽安娜把紧握的拳头放在喇叭上，几分钟后，从服务亭里走出来一个穿着黄色衣服的人，他一边走近我们，一边用手抹了把脸。"您在睡觉吗？"阿丽安娜假装天真地问。"没有，"他说，"我醒着呢，睡觉的人捞不到鱼①。"但阿丽安娜并没泄气，给了那人一个灿烂的微笑，就好像来提供服务的那个人是他，让她很欣喜。那人也打起了精神，还没等我们提要求，就在加完油后把车玻璃也擦了。

"很好。"阿丽安娜说，她重新启动汽车，"但我想先吃点东西。你想吃个热腾腾的牛角酥吗？"

"一打我也能吃下。"我回答说。

阿丽安娜对夜晚了如指掌。十五分钟后，我们推开了一家面包店的门，那家店藏在法院附近的一个院子里。我

---

① 意大利俗语，原意接近中文俗语"早起的鸟儿有虫吃"。

们进入了一间洁白的地狱，到处都是面粉和正在干活儿的人。有些人揉着松软的大面团，在桌上拍打，就好像在惩罚它们，让它们变得温顺；有人则将面团切成小块，把它们放进烤炉里。还有几个裹着白色头巾的女人，她们在装满馅料的容器里搅拌着。"啊，你来了，公主。"她们中的一个说，"今晚你想来点什么？"在那女人慈爱的目光中，阿丽安娜指了指各种馅料的牛角酥。那女人装了满满一个纸袋。阿丽安娜用两只手捧着纸袋，牛角酥热乎乎的，闻起来香喷喷，但她在离开之前还偷了一块玛德琳蛋糕①。我对那位女士说晚安，阿丽安娜用手肘撞了我一下。"说什么晚安！"在院子里，她对我说，"他们已经干了几个小时的活儿！"她叹了口气，说："每次来这儿，我都会有很强烈的负罪感，但为了吃上这些热腾腾的牛角酥，我什么都顾不上了。你不这么觉得吗？"

牛角酥热乎乎、香喷喷的，和一般餐吧里那些让人悲哀的小蛋糕截然不同。再过几个小时，城里那些小职员就会去那儿，用小蛋糕蘸着卡布奇诺吃。"不用还房贷，还是有些好处。"我说。但阿丽安娜完全没听我说话，她专心咀

---

① 一种贝壳形状的小蛋糕，起源自法国。

嚼着玛德琳蛋糕，脚在院子里的鹅卵石上探索。"你在找一块裂开的地砖吗？"我问她。

我对普鲁斯特典故的卖弄戳中了她。"那也没什么用，"她好奇地打量着我，说，"它们不再是之前的玛德琳蛋糕了。"①

"没什么会一成不变。"

"这个开头不错，"她说，"继续说下去。"

"是啊。"我说，"正是如此。我们生活在一个悲哀的时代，那又能怎么办呢？我们别无选择。"

"的确，"她忍住笑说，"我们别无选择。你有没有想过，社会发展夺走了我们多少快乐？"

"怎么没想过。比如说，喝玻璃瓶装的牛奶。"

"是的。"她说，"说得对，还有呢？"我说，在翻阅图书时不用撕去书上的塑封；她说，那时可以用纸袋子玩爆破游戏。我说，以前大家都是手工切火腿，现在都是机器切；她说，以前大家都穿胶底鞋，圣诞树上的玻璃装饰品可以摔碎来玩。我说，以前皮沙发的味道很好闻；她说不出其他的来，就转移了话题。"如果可以选择，你想出生在

---

① 在《追忆似水年华》的开头，主人公因为蘸着茶吃的玛德琳蛋糕回忆起他童年生活过的贡布雷小镇；而在小说结尾，主人公来到盖尔芒特府，院子里凹凸不平的地砖让他回忆起威尼斯圣马可大教堂的地板，引发了他对往日时光的追忆。

什么时候？"

"奥匈帝国灭亡前的维也纳？"我说。

"不错的选择。"她边说边坐上车，"我想出生在法国贡布雷小镇。你来开车行吗？我想从卡比托利欧广场的观景台看这座城市。"五分钟内我们就到了那里，靠在古罗马广场遗址正上方的栏杆上。我们下面是空荡荡的广场，大理石建造的神庙歪斜着，仿佛正在梦想有一天能重回荣光。"真愚蠢！"阿丽安娜轻声说。

"你指什么？"

"留恋过去我们从未拥有过的东西。"她转过身，看着几个在长椅上睡觉的流浪汉，这时她刚好看到一个留着胡子的年轻人，正符合她的游戏。"其实，我很羡慕他们，"她说，"他们很自然地融入了这个世界。你是做什么的？"我很难回答这个问题，我告诉她，我什么也不做。"怎么可能什么也不做？"她说，"每个人都有事做。我也有事做，虽然看起来并不像，但我是学建筑的，学习期满了，还没拿到学位证。那你每天都怎么度日？"

"读书。"

"你读什么？"

"什么都读。"

"你说什么都读，那你也会读电车票、矿泉水标签，还有市长发布的清理积雪的通知吗？"她大笑。

"是的，但我更喜欢读爱情故事。"我说。她信了我的话，说她觉得那些爱情故事都很让人绝望，因为她喜欢的故事结局都很悲惨；但结局悲惨的故事她又不喜欢。她问我有没有看过《追忆似水年华》。"我气短，读不了这个。"我说，同时我声称，普鲁斯特是要大声朗读的作家。这一观点引起了阿丽安娜的兴趣，她想知道还有哪些作品需要大声朗读。我提到了一些当时想到的书：《圣经》《白鲸》《一千零一夜》。我认为这些都是很有分量的书。

"你也是有偏好的。"

"的确，"我说，"亨利·詹姆斯·乔伊斯，鲍勃·迪伦·托马斯，斯考奇·菲茨杰拉德，通常来说都是旧书。"

"为什么是旧书？"她问，并没领会到我用作家名字玩的文字游戏。[1]

---

[1] 主人公提到的前两个名字分别利用作家亨利·詹姆斯（Henry James）和詹姆斯·乔伊斯（James Joyce）、鲍勃·迪伦（Bob Dylan）和狄兰·托马斯（Dylan Thomas）名字中的共同部分将两个名字连接在一起。斯考奇·菲茨杰拉德的原文为"Scotch Fitzgerald"，是将作家斯科特·菲茨杰拉德（Scott Fitzgerald）的中间名"斯科特"（Scott），替换为其代表作《了不起的盖茨比》中据说是苏格兰公爵后代的叙述者尼克的族裔身份（Scotch）；另外，这个词也有"苏格兰威士忌"的意思。

"因为便宜，而且这些书已经有人读过了，有一定的质量保障。你能事先知道它们是否值得一读。"

"怎么才能知道？"她坐在矮墙上说。我说，我会在书里找面包留下的痕迹，比如面包屑、面包渣什么的，因为要是一个人边吃东西边看书，那这书一定很不错。或者我会在书页上找油渍、指印，还有折痕。"折痕需要在切口上找，人们看一本书时会折页，说明这本书也值得一读。如果是精装书，我会在封面上找污渍、擦痕或划痕，这都是可靠的证据。"我说。

"如果之前看那本书的人是个笨蛋呢？"

"这样的话，你得多少了解一下作者。"我回答道。我继续说，电视出现之后，阅读正成为一种过时的活动，只有那些相对聪明的人还在坚持阅读。"读者是一个正在灭绝的群体，就像鲸鱼、山鹑还有其他野生动物。"我说，"博尔赫斯称他们为黑天鹅，他声称，好读者比好作家更为稀缺。他说，不管怎样，阅读出现于写作之后，它更顺从、更文明、更智慧，不是吗？"我继续说："阅读的时候，你会面临另一种风险。你读书时心境不同，书给你留下的印象也会不同。一本书，你第一次读时觉得它平平无奇，第二次读却会感到震惊，只因为在此期间你经历了伤痛，有过一次旅行，或者你恋爱了。总之，在你身上发生了一些事情，任何意外发生的事情，都会改变你对那本书的看法。"

好了，现在她知道了，她面前的人有多么心高气傲。她默默地听我说着，眼睛一直盯着花园里潮湿的鹅卵石。她抬起头。"你很有趣。"她说，"你知道吗，当你走进维奥拉家时，看起来很悲惨。"

"我只是饿了。"

"饿？"

"是的，你从来没有听说过这个字吗？"

"怎么会？"我们走向汽车，她笑着说，"那不是人们喝开胃酒时会产生的感受吗？"她走到汽车旁边，坐到发动机盖子上，环顾四周。"住在这儿，应该会很有意思。"她说，"但我不愿意嫁给市长。"①

"你住在哪儿？"

"紫藤街，"她兴致勃勃地说，"你知道在哪儿吗？"

"在梧桐大道那边。"

"对，附近有一条我很喜欢的街，叫丁香街，还有一条

① 主人公此时所处的卡比托利欧广场一侧就是罗马市政府所在地。

街叫兰花街。"她说出那些花的名字，就好像那些街道是用花铺成的。"你送我回家吧。"她说着，把方向盘让给了我。

"说真的，你到底住在哪儿？"我说，像她这样的人怎么可能住在那种地方。她没有回答我，而是将雨靴搭在挡风玻璃上。

我已经到了极限，精疲力竭，但我想知道，她脑子里到底在想什么。我开着车，去了那个叫紫藤街的贫民窟。我受不了那地方，整个街区道路混乱，有很多趟电车经过，是我见过的最破烂的电车。刚建成的房子摇摇欲坠，发臭的小饭馆旁边是电器店或修车铺。成群的孩子骑着吵死人的摩托车，改装过的发动机发出地狱般的噪音。人行道上弥漫着从电影院涌出的消毒水的臭味，简直能把人熏死。整个城区没有一座花园、一棵树或一个花坛，可以让居民在夏天躲避一下太阳的暴晒。因此，马路拐角处路牌上那些花的名字，让人觉得自己正身处一个疯子的梦里。像她这样的姑娘去那儿做什么？我没再说什么，把车子开向路灯昏暗的郊区。路两边是蜂房一样的居民楼，像高耸的墓地。阿丽安娜用她的大眼睛看着外面，没有出声。

我们经过一个破旧的露天游乐场和一所职业技术学校的围墙，汽车的影子映在几家电器店的玻璃橱窗里。我们在青灰色的天色中向前开，终于找到了紫藤街。这条街道很窄，上方挂满了晾着的衣服。我们到了目的地，除此之外，这儿只有废墟和荒凉。"我们来这里做什么？"她说，"你完全搞错了，这不是我说的紫藤街。"

"没有别的紫藤街了。"

"当然有。"她说。她迅速拿出香水，把香水喷到手腕和额角上。丁香花的味道弥漫在车厢里，事实上，香气让这街道的景象变得可以忍受。一个穿黑衣服的夜间巡逻队员单手推着自行车向我们走来。

"快走，求你了！"她说，声音很痛苦，"我很怕那些夜间巡逻队员。"

她抓住我的手，用力握着，直到我们离开了那个街区。实际上，她不仅没在紫藤街住过，也从来没去过那里。她说，那天早上，她看到了一条广告，出租两个房间。那些以花命名的街道让她以为那里是一个住宅区。在城市地图上，那个街区有点偏远，但她怎么能想到，那是一个如此可怕的地方呢？唉，那地方真糟糕！我没说话。她之前应该是太寄希望于那些花的名字了。但我想知道她在逃避谁，毫无疑问：她离家出走了。我在想，她离开了谁。后来我知道，她躲的是她姐姐。那天早上她们吵架了。尽管对她来说，独自生活真的很恐怖，她还是决定离家出走。我问，她走的时候，只带了一本普鲁斯特的书、几根火柴和一瓶香水吗？"还有一副纸牌。"她自负地说，"不可以吗？"她去任何地方都带着一副纸牌，只不过在和姐姐吵架的时候，她忘了带钥匙，被锁在了外面。这个故事听上去有些熟悉。我正想着在那个倒霉的雨天，一大早出来就淋了雨，突然想起那天早上我忘了什么事情。我真的是忘记了：在生日的那天，我一整天都在试图回想起那天是我的生日。

"什么？你居然忘了你的生日？"

"没错，"我说，"生日也再不像从前一样了。"但我想起来，我之前答应自己，从那天起我要开始做的所有事。我看着天空，好像人们年满三十岁时，总是要看着天空。

"你一定是疯了。"阿丽安娜说，"一个人怎么能忘了自己的生日呢？离生日还有一个月，我就会开始在日历上做标记！"面对如此特别的情况，她忘记了紫藤街，还有其他事。"我们也要庆祝一下。"她说，"我们找一家咖啡馆吧。"在找咖啡馆时，城市的黎明降临了，在灰蒙蒙的天色中，一群人等着早班公交车到来。这时候，整夜都没睡觉的人需要吃些热的东西；这时候，睡梦中的人在被子里寻找彼此的手，而他们的梦境变得更加清晰；这时候，报纸散发出墨香味，白天发出第一声喧嚣。天亮了，夜晚给我身边那个奇怪的女孩留下了两个黑眼圈。

"为了所有我们没做过的事，为了那些我们本应该做的事，也为了那些我们不会做的事干杯！"我一边说，一边举起满满一杯热腾腾的牛奶咖啡。阿丽安娜笑了起来，说她感觉这像一句祝酒词，太正经了，但其实也可以。她身子向前探过来，越过咖啡桌在我脸上吻了一下。"现在，"她坐在金属椅子上说，"给我讲些有趣的事。"我们身处公交车终点站的一家咖啡馆，周围满是咖啡的香味，那是咖啡馆清晨会散发的味道。几个司机正站在桌前读《体育邮报》，一个伙计把木屑撒在了他们脚边的地板上。喝完一杯牛奶咖啡后，我感觉很好，虽然浑身的骨头有点疼。我告诉了她我从前在紫藤街的遭遇。那段时间，我给一群小孩上语文课，但那些小孩更喜欢把我口袋里的烟偷走，而不是去思考《约婚夫妇》①为何有别于一场迟来的性交。最后一节课我本来要讲虚拟式，但我连续三天都喝醉了，椅子都坐不住。他们注意到了，开始轻拍我的肩膀，而我为

① 意大利作家亚历山德罗·曼佐尼（Alessandro Manzoni, 1785—1873）创作的长篇历史小说，描写了两个年轻人历经磨难，最终结为夫妇的故事，描绘出 17 世纪意大利的社会现实，是意大利义务教育阶段的必读书目。

了得体一点，假装这样很好玩。但我最后没坚持住，突然瘫倒在地板上。我觉得当时是一个学生的父亲把我横放在一辆摩托车上，送回了旅馆，我就像一个死掉的印第安人。我不记得是不是这样，但我知道，我清醒时上课的费用，他们也没给我。有很长一段时间，我都在筹划着绑架其中一个小孩，来索要赎金。阿丽安娜笑了起来，但又突然停下，从杯子上面观察我。她眯着眼睛，仔细地看着我。

"怎么了？"我问。

"没什么。"她说，"我喜欢你灰色的眼睛，在想，我会不会爱上你。"

"没这个必要。"我说。我想点一支烟，但没注意到点燃的是有滤芯的一头。"只要你愿意，无论如何你都可以来我家，住到什么时候都可以。"

"真的吗？"她问。我的话让她很振奋，她马上说，她不会给我添一点麻烦，我们将分摊房租，因为她每月有五万里拉的零花钱，虽然不多，但也够生活。而且她会做夏多布里昂牛排①，味道超级棒。这时我想装腔作势一下，

---

① 以法国政治家、浪漫主义作家弗朗索瓦－勒内·德·夏多布里昂（François-René de Chateau-briand, 1768—1848）命名的牛排，取牛里脊肉中最柔嫩的一部分慢火烤制而成。

说她不用做夏多布里昂牛排，因为这让我想起了那位因牛排而被载入史册的诗人，这会让我觉得悲哀。她说，如果我更喜欢政治家，那我们就吃俾斯麦牛排①。她想聊聊我们怎么打发日子，我们会看书、听音乐、学习。她必须重新开始学习，拿到那个该死的大学文凭，才能回到威尼斯，成为某个技术小组的成员，去拯救那座城市。唉，只是她一直都无法专心学习，她太没有条理了，脑子太乱了！几点了？尽管她手腕上戴着一块沉甸甸的男士手表，她还是在问时间。嗯，这块表？祖传的手表。时间不准，而她也从不去校正，这样看钟点时，总会有惊喜。六点了，手表的指针却指着七点四十五，也不知道是哪一天。"我马上回来。"她说着，起身去了洗手间。洗手间的门关着，她得去问服务员拿钥匙。她回来时一脸嫌弃。"他们把门关上，可能是害怕有人进去替他们打扫吧，"她说，"现在我们做什么？"

"我们回家，怎么样？"我说。我很费劲地从椅子上站起来，但阿丽安娜摇了摇头，在抽了一晚上的烟之后，最

① 以德国"铁血宰相"奥托·冯·俾斯麦（Otto von Bismarck，1815—1898）命名的牛排。据传，俾斯麦非常喜欢吃搭配有半熟煎蛋的牛排，由此，这种在食物上搭配煎蛋的吃法便被称作"俾斯麦式"。

好还是去海边兜兜风，呼吸一下新鲜空气。这真是个好主意，我怎么会不赞同呢？我在想，这个世界上有没有东西可以击垮她，击垮她，以及她的脆弱。她开着车在大路上疾驶，十分钟后，我们已经开上了通往海滨的路。路边的草地上满是露珠，在明净天空的衬托下，松树现出黑色的轮廓，这时，天空的颜色正在发生变化。阿丽安娜像是有点神志不清，她说起我们将要一起度过的日子。而我对着天空闭上眼睛，听着她的声音，想象着这声音回荡在山谷上空荡荡的房子里，会是什么景象。啊，这世界还有救！

大海忽然出现在道路尽头。我们开始沿着海岸线行驶，大海在公共浴场之间时隐时现。左边是淡季的民宿和小旅馆，清新又强劲的风吹动花园里的棕榈树，露出褪色的招牌。四周很寂静，阿丽安娜这时也不作声。我们把车停在一片居民区外的路边。天空正变成粉红色，但大海还是铁青色，好像满怀敌意。"它好像在要求什么。"过了一会儿，她说，"但水就是这样。雨好像也总是在要求什么。"

我们走上沙滩，风吹透了衣服，带走了刚才在车里积攒的热度。她瑟瑟发抖。"好冷。"她说，"冷死了！"她在潮湿的沙子上跑起来，手插在红雨衣的口袋里。不一会儿，她就跑到很远的地方了，而我在沙滩上坚硬的地方走着，脚下是一层干巴巴的海藻和空贝壳。海水轻轻拍打着我的鞋，在回头浪的冲击下，一点点向前推进。我看向她，红色的雨衣让她看起来像一个木偶。风吹着雨衣，发出沙沙的声音。我把脚踩在她留下的脚印里，跟着她的足迹走。风玩了一个奇怪的游戏，我赶上阿丽安娜时，她在晨光照耀下转过漂亮的脸庞。这时候风停了，仿佛为了喘一口气，接着又开始吹起来。她抬起手臂，环抱着我的脖子时，红色雨衣又发出一阵沙沙的声音。她冰冷的袖子贴着我，我突然哆嗦起来。"你冷吗？"她说，用她那僵硬、娇小但又温热的身体搂紧了我。她轻笑起来，呼吸钻进了我的衬衣领口，我感到她的嘴唇在我脸颊上轻轻移动。"小可怜……小可怜……小可怜……"她轻声打趣着我，"我对你做了什么……小可怜……"直到她的嘴唇越来越轻盈，微笑也消失了。她的嘴唇印在我的嘴唇上，她的舌头温柔又固执，想要开启我的牙齿。然后她缓慢地离开了，那感觉难以形容。她的动作从始至终都很缓慢，最后她在我雨衣的翻领上蹭了蹭嘴唇。"我说！"她大笑着说，"你该不会想做爱吧！我真不喜欢你的想法。"

　　她走开了，只留下我一个人尴尬地站在那里。她走近一小群渔民，他们正在往岸上拽一张网，网已经出现在水面上，可以看到，他们的收获不多。渔民在小声咒骂，这时天空正从粉色变为蓝色。"看！"阿丽安娜大喊，"你快看！"我看见，魔法正在改变这个早晨。一个老人在沙滩上散步，每次他快要跌倒时，都会举起他的拐杖，驱赶一条肮脏又好斗的断尾狗。阿丽安娜松开了拳头，她的手已经抓握了四个小时。"真可笑。"我说。我现在回想起来，还会觉得当时的自己太笨拙了：我试图抓住她的手，但她把手插进了雨衣口袋里。

罗马万国博览会区的摩天大楼在阳光下熠熠生辉，阿丽安娜不耐烦地甩了甩头发，放下汽车的遮光板。"唉！"她说，"我当时真该买一副深色眼镜。为什么我总是做些错误的选择？我其实很想去你家住，但我必须回埃娃那里！"

她的话让我在分别之前最后一次感到惊奇。这么说，阿丽安娜的姐姐就是昨天晚上的那个埃娃，阿丽安娜就是从她身边逃走的。既要从姐姐身边逃离，却又和她在一起玩了一晚，这是怎么回事？她说："我们根本就没有在一起玩，我们俩整晚都没说过一句话，你没注意到吗？"我没说什么。我非常累，一直在发抖。我已经精疲力竭，唯一渴望的就是我在山谷上房间里的那张床。毕竟如果一天从你起床那一刻开始，到你回去的那一刻结束，那只要回家睡觉，就可以使它终结。这样说来，我这一天实在是太漫长了。"要我把你送到你停车的地方吗？"当我们来到市中心时，她问我。太阳还不高，明艳的阳光从屋顶上照射过来，洒在楼房的窗户上、喷泉上，以及汽车的金属外壳上。街道干了，有时会有大片沉淀的泥土，这意味着水坑消失了。"不用，谢谢。"我说。我们到了马里奥山的山坡，在那里停下车等了一会儿，让从市场里出来的一队人先走。人们捧着大束鲜花，样子看起来很滑稽。

"你要给我打电话。"到了我家楼下时，她说。我看着她，那是一种让人疼痛的美。"当然。"我说。我从车上下来，穿过院子，像是在伦佐家走廊里一样，我再次感觉到她的目光盯着我的后背。在大门口，我停下来，听汽车开走的声音。声音消失后，留下了让人难以忍受的寂静。"早上好，加扎拉先生。"门房说。我回应了一句，就走上楼，双腿有些发抖。我感觉台阶比平时高，磕绊了好几次。这让我想起之前住旅馆时，在混乱的早晨醉醺醺地回来，走在狭窄的楼梯上。和那时一样，我到家后做的第一件事就是让自己暖和一点。我穿过充满烟味、没有通风的公寓，在透过百叶窗的微弱光线中走进厨房，拿出那个饰有狮鹫和旗帜的漂亮百龄坛①酒瓶。我留着它，就是为了在怕冷的时候用。我把它装满沸水，吞了两片阿司匹林，然后倒在床上，用装满热水的酒瓶紧贴我的肚子。

但寒冷并没有过去。这时我做了一件傻事。我竟然哭了起来。

<hr>

① 苏格兰威士忌品牌，创始于 1827 年。

四

四天后，我才从床上爬起来，一个劲儿地打喷嚏。我坐上一辆公交车，去取回我那辆破阿尔法，感觉它是我历经爆炸后遗失的一部分，要把它找回来。在回来的路上，我停下来买了阿司匹林和一些吃的。我把自己关在家里，决定不再出门，除非世界向我道歉。

如果是打算向我道歉的话，世界已经尽了最大努力。那些天，天气温和，天空蔚蓝，让人心旷神怡。但不知道为什么，美好的天气加剧了我的忧伤。我在公寓里走来走去，一种无法摆脱的无力感占据了我。甚至我在阳台上看书或者抽烟时，都惊讶于自己为什么要做这些。我下楼只是为了拿邮件，却不清楚自己在期待什么。我通常会看到一些洗洁剂广告，然后把它们塞到邻居家的信箱里。有一天，我收到一张明信片，是格拉齐亚诺·卡斯特尔维乔发给我的。他在克里特岛，明信片上写着："这里只有石头，千万不要来。"还有一次，我收到父母的信，倒还真不如没收到：首先是母亲抱怨一年没有见我了，其次是父亲给我寄了一些钱，让我给他买一套梵蒂冈邮票——对我来说，这意味着要在黎明起床，去教皇陛下的邮局前排队。

但我能为他做的事情已经很少了。第二天早晨，我哈欠连天，困得要死，出现在一小群狂热集邮者之间。快十点的时候，我用挂号信寄出了邮票，上午舒适的天气让我想去河边看书。驳船上空无一人，我坐在一张躺椅上，把书放在膝头，但无法集中注意力，看不进去。最后我合上书，静心听车轮在桥上滚动的柔和声响，看着桨手驶着划艇，像大蜻蜓一样在水面上滑行。快两点时，我感到饿了，就去桑德罗先生的店里。在那儿，我一眼就看到了安娜玛利亚。"瞧瞧谁来了！"她看着我说。她被报社解雇后，我就再也没见过她。之所以被解雇，是因为在报道罗马一位大人物的葬礼时，她将死者的名字误放在了沉痛致哀的名单之中。"你在离家这么远的地方做什么？"我说。

"现在我就住在这附近。"她说，"什么路来着，在那个……"有时，她给别人的印象就是她连想起自己的名字都很困难，但我们一起度过了一些美好的夜晚。

"你今晚要做什么？"

"我也不知道。自从我节食成功，就特别有男人缘。"

"只是男人吗？"我想起她跟一位著名女戏剧演员的情事。

她笑了。"你呢，你和那些姑娘怎么样了？"我胸中的隐痛又开始发作。我决定去打个电话，要了一枚硬币，来到了电话机前面。接听电话的是个男人，声音很有礼貌，我问起太太在不在家时，他习惯性地犹豫了一下。过了一会儿，我听到了维奥拉的声音。"我是雷奥，"我听到她咯咯地笑了一下，"别笑了，每次我出现，你都会笑。"

"我想笑就笑，"她说，"我能知道你去哪儿了吗？这个星期，我一直在那个该死的报社里找你。你不工作吗？"

"我生病了。"我说，"前几天生病了。"

"我一点也不想知道你在搞什么。你今天到这儿来陪我，我们一起喝喝茶，我要改几条旧裙子。"事实上，这也是我想要的。下午五点钟，正是女侯爵让人准备马车出门的时候。我动身去找她。

她坐在窗边，开着有线广播，地毯上到处都是裙子，简直有上百条。裙子旁边，白色的天鹅绒沙发像一只漂浮着的木筏。我坐在上面喝茶。"今天阿丽安娜问到你。"说着，维奥拉脱下一条裙子，换上另一条。那感觉就像在一个星期之后，我心里的鼓声才落地。

"她怎么样？"我问。

"她很生你的气。她说你特别无礼地甩开她，再也没有出现。"

好吧，她说这些算是客气了。"她同姐姐和好了吧？"

"当然了。她们一直都那样，不停地吵架，又和好。"

"她真是个反复无常的人。"

"她很漂亮，亲爱的。漂亮的人总是很任性。他们知道，无论做什么，最后他们都会得到原谅，"她从地板上拿起另一条裙子。"是啊，"她感叹说，"亲爱的，美貌甚至比财富还要管用，因为美貌不需要努力去获取，而是直接来自上帝，这足以让那些俊男靓女成为唯一的、真正的贵族，你不这么觉得吗？"

"很深刻。"

"这是个简单的道理。"她说，"这段时间我总是会发现一些道理。你说这是为什么？"

"我不知道，你去看医生了吗？"

"阿丽安娜倒是会去看医生。"她笑着说，"她住院之后，没有医生，她就活不下去了。你知道她甚至曾打算嫁给一位医生吗？后来她来到罗马，这事才不了了之。"

"什么医院？"我问。"能是什么医院呢？就是那些特别可怕的地方，有点神经质的人进去了，出来时会彻底疯掉。她被关在那里面，除了睡觉、玩单人纸牌，其他什么都不做。埃娃知道了这事以后，马上乘第一班火车去威尼斯，把她带到了罗马。"当然，我留了下来，在维奥拉家吃晚饭。"好吧。"我心事重重地说。我感觉那天早上，好像真是我把她甩下了。"她和姐姐为什么吵架？"过了一会儿，我问。"唉，有很多原因，全是鸡毛蒜皮的事，一个比一个无聊。你应该知道，阿丽安娜的精神有点脆弱，她一直都离不开那瓶香水，还有那副纸牌。有一次，她把纸牌忘在家里，哭着在街上徘徊，你知道吗？""不，"我说，"我不知道。"

"太太，我可以开始做晚饭了吗？"一个下午过去了，夜色在窗外弥漫。听到这句话，维奥拉吓了一跳。她打开灯，眼前出现了一个声音低沉的小个子男人，穿着条纹外套。下午的自由时光结束了，他脸上带着不愉快的表情。"我想，他和面包店的伙计一定闹了些别扭。"用人离开之后，维奥拉说，"十五天以来，他一直给我们吃盒装的法国煎饼,还说这有利于保持身材。"但我几乎没有听她说话。"怎么了?"她问。"没什么。"我说。想到阿丽安娜被关在那家医院里,一个人玩纸牌,我心里有一种挥之不去的忧伤,一种萦绕在胸口的痛。我那缺乏意义的生命,好像有什么改变正要发生。

这时,传来一阵微弱的门铃声,五分钟之后,伦佐出现了。"老伙计雷奥!"他拍着我的肩膀说,"我一整天都期盼着跟你下盘棋。"他很高兴,也很确信我也想下棋。我有些不情愿地起身,坐到他的对面。那是一场短暂而残酷的战斗。在双方慎重的开局后,我的痛苦占了上风,让我铤而走险。两方的兵产生了激烈的冲突,最后我搭上了一个象。我向前走马,在一片混乱中甚至成功地把伦佐的王包围了。正当王要收拾行囊败北时,王后向那些绝望的兵许下诱人的承诺,组织了一场营救王的突围。车挥舞着长剑开始攻击。我们吃掉对方的棋子,直到我最后败下阵来。伦佐忍不住笑了起来,他搓着双手,把用人叫过来,让他开了一瓶夏布利白葡萄酒。

"你太棒了,亲爱的!"晚餐时,维奥拉吻了吻他的前额,说道。伦佐很夸张地自谦了几句,她笑了。我看着他们,虽然夏布利白葡萄酒清凉适口,令人振奋,但还不足以帮我抵御他们柔情的冲击。整个晚上，在电视机前，我非常孤独，就连坐在客厅尽头一脸愁容的用人也让我不自在。我出门去了桑德罗先生的酒吧。

安娜玛利亚刚才还在那儿，但她十分钟前离开了。

快到月底了，我不得不开始定期去报社。我要付房租，而不是被迫在电话里假装别人的声音。一天下午，电话亭里的电话响了，罗萨里奥去接电话。"是打给你的。"他说，带着一副不想做我秘书的表情。是维奥拉打来的，她邀请我晚上去剧院。"穿上正式的衣服，"她说，"我们都会穿得很优雅。"

"我不知道能不能去。"

"你当然要来。"她说。我在傍晚的车流中开车回家，发现门上有一张用发夹别住的便条。"我单身，有钱，讨人喜欢。你想跟我一起看部西部片吗？——克劳迪娅。"我读了两遍，把纸条放在口袋里，打电话给洗衣店，让他们把衬衫给我送过来。我做每件事都不紧不慢。首先我打开留声机，脱下衣服，翻出一套我最风光的时候在圣艾利亚伯爵的裁缝那里定制的深色西装。我把裤子放在床垫下，把它压平整。在浴室里，我打开所有水龙头。我喜欢听水声，躺在浴缸里思考。这时，我听到门铃响起，是洗衣店来送衬衫了，我裹上一件红色的睡袍去开门，那是赛琳娜去墨西哥时忘记带走的。我检查了一下他们有没有把扣子钉好，付了钱，然后去床垫下拿我的裤子。裤子很平整，我用两把不同的刷子刷了外套和鞋子。我穿得很讲究，像个要出场的斗牛士。

伦佐夫妇来晚了。当我们走进剧院时，舞台上有个女孩在惋惜她逝去的青春。这个版本的《三姐妹》[①]非常蹩脚，导演和演员想尽一切办法破坏了原作的台词，但原作仍在用一种奇妙而讽刺的方式顽强抵抗，这让剧作变得格外有趣。结局还很不清楚，中场休息时，大家都冲向了酒吧。当然，伦佐夫妇的朋友们都来了，在几百个口渴的人之中，他们也能成群结队，聚集在一起。埃娃在一盏巨大的水晶吊灯下，光芒四射。在她旁边，之前在沙发上像鸟一样盘踞的那个男人，现在拿着两个酒杯站在她身边。她偶尔会漫不经心，在其中某个杯子里抿一口。他手腕上缠着一条松紧带，好像某个鸟类学家抓住他之后，在放飞前给他绑

---

① 俄国作家契诃夫创作的四幕正剧，讲述了俄罗斯边远小城一个军官家庭中三姐妹的故事。剧中，三姐妹一直渴望回到她们少年时生活过的莫斯科，冷酷的现实让她们离自己的美好理想愈发遥远，但她们对精神家园的渴望、对美好生活的希冀从未消逝。

上这条带子，来追踪他的迁徙路线。阿丽安娜没有和他们在一起。我在演出结束时才看到她，当时，我不得不挤到剧院的衣帽间前的人群中，帮维奥拉取回外套。如果不是听到她说话的声音，我不会发现她也来了。她和一个戴眼镜的矮胖男人在一起，正横穿大厅，要一杯伏特加。她的出现，让我失去了在衣帽间前争取到的好位置，成了最后一批拿到衣服的人。"你可真够磨蹭的，我见过比你更好的衣帽服务员。"我帮维奥拉穿上外套，她说，"我们走吧，去埃娃家喝一杯。"

"我要回家。"我说。

"你就来吧。"她说，于是我们去了埃娃家。埃娃家与伦佐夫妇住的房子非常相似，是一栋白色建筑，但有更大的花园。在灌木丛后面，有一个没有放水的露天游泳池等待着夏天的到来。客厅里零散地摆放着几张沙发，墙上挂着一些画，包括一幅德·基里科[①]的画作，可能是真品，还有一幅莫兰迪[②]的画作，可能是赝品。沙发上还是往常那些人：一个面容祥和的五十多岁男人，大家都用一个很长的

[①] 乔治·德·基里科（Giorgio de Chirico，1888—1978），意大利超现实主义画家，形而上学画派创始人之一。
[②] 乔治·莫兰迪（Giorgio Morandi，1890—1964），意大利版画、油画家，以静物画与其恬淡、优雅的色彩著称。

名字称呼他，而不是用他作为幽默作家常用的简称；一个叫保罗的年轻左翼记者，据说他喜欢勾三搭四；一个留着白胡子的小说家，他在弗留利①有一栋威尼斯别墅②；另外还有一个电视播音员的妻子，与丈夫分居，每次想要扶养费时，都不得不以死相逼。一个意大利共产党，留着胡子，也是个矫揉造作的诗人；一个风趣的特派记者，在拉丁美洲时心脏病发作，回了罗马；一个一直在谈论康普顿－伯内特③的女演员。那天晚上，在同一张沙发上，还有一个看起来像俄国人的年轻人，带着把吉他；一个高级时装模特，她爱上了一位同性恋摄影师；还有一个没落的女贵族，爱上了一个谁也没有见过的意大利航空公司飞行员。这些人构成了客人的核心部分，其他人也会加入其中，时间有长有短。他们被这个群体吸收，又排除出去，就像新陈代谢一般，以保证群体的延续性。在冬季尤其如此，因为在夏季他们都会消失，去不同的地方。在海滨恋爱，旅行，冒险，每个人都做自己的事，任何机会都不放过。但是，当

① 即弗留利－威尼斯朱利亚大区，位于意大利东北部。
② 一种在 15 世纪末至 19 世纪期间出现的贵族住宅，由当时的威尼斯共和国贵族建立，现多分布于意大利威内托大区和弗留利－威尼斯朱利亚大区。
③ 艾维·康普顿－伯内特夫人（Dame Ivy Compton-Burnett，1884—1969），英国女作家。她的作品大多描写英国中上层阶级紧张的家庭关系，特点为大篇幅的对话。

天空变得不那么明亮，天气不再稳定，树木开始在挟着云彩的风中摇曳，白昼开始变短，十月深远的夕阳变成紫罗兰色，电话声再次响遍全城时，他们又回来了，相互寻找，精疲力竭，但充满倾诉的欲望。

"那么，你赎罪了吗？"埃娃说。她的态度亲切得让我吃惊。"告诉我，阿丽安娜怎么样了？"阿丽安娜不在客厅，我告诉她我在剧院大厅里看到的情景。"是的。"她说，"她和那部戏剧的导演在一起。她的生活总是需要有别人。"阿丽安娜应该把那天夜里发生的一切也都告诉了埃娃。也许就在当天早上，在我们一起度过那个夜晚之后，她坐在床上，喝着茶，慢慢吃着玛德琳蛋糕。应该就是这样！"你认识利维奥·斯特雷萨吗？"她说着，抓住了那个恰好路过、长得像鸟一样的男人的手臂。那男人也正好在寻找一个可以栖息的扶手。这个名字听起来有些耳熟，我马上把它和一位过气的著名网球运动员联系了起来。几年前，他在比赛中表现出色，也曾和皮特兰杰利[1]搭档双打，但后来他突然从公开赛的名单上消失了，现在我终于知道他去

---

[1] 尼古拉·皮特兰杰利（Nicola Pietrangeli，1933— ），意大利前网球运动员，被认为是意大利有史以来最伟大的网球运动员，位于罗马的意大利广场中央的网球场就是以他的名字命名的。

了哪儿。

半小时后，阿丽安娜推门进来。"去莫斯科！去莫斯科！"①她喊道。从跟在她身后的导演的脸色来看，他们在一起的所有时间，她一直都在喊那句话。她扎了头发，看上去很高兴。"告诉我，契布蒂金，"她像演戏那样，悲痛欲绝地倒在沙发上说，"您爱她吗，爱我母亲吗？"

"告诉我，伊里娜，"埃娃走近她时说，"倒在地板上的人是谁？"

"是伊凡·罗曼诺维奇医生，他喝醉了。多么混乱的夜晚！你听到了吗？军团在转移！"

"哦，那是谣言，只是传说！"

"我们将独自留下！亲爱的，我的好姐姐，"阿丽安娜说着，向埃娃伸出双臂，"我很尊敬那位男爵，他是个好人。我同意嫁给他。但我请求，我们去莫斯科！没有什么比莫斯科更美了！去莫斯科！去莫斯科！"导演不好意思地说，她把角色弄混了。大家的笑声越来越大。那位留着白胡子的作家咳嗽了起来，好像吞下了一根胡子。而阿丽安娜和埃娃的眼睛熠熠生辉，享受着她们的成功。她们坐

---

① 本句及以下数段对话均为《三姐妹》台词，但为本书情节服务，和原版俄语原文的人称等细节有一定出入。

在同一张沙发上，那么幸福、孤傲、旁若无人。

"我说，阿丽安娜，"埃娃看了我一眼，说，"你这位朋友总是这么严肃吗？"

"他只是饿了。"阿丽安娜说。

"这次是困了。"我说。

"好吧。"阿丽安娜说，"我饿了，陪我到厨房去吧。"她说着，向我伸出一只手。我跟着她，我们又一次走在黑暗的走廊里，又一次进入厨房，又一次站在一台冰箱前，生活里总是有一些固定的东西。阿丽安娜一边说话，一边用剩下的鸡肉做三明治。"别以为你可以这样对待我，你知道吗？你为什么不打电话给我？我不得不让维奥拉邀请你去看戏，怎么能这样？不，等等。"她举起空闲的那只手说，"现在不要回答，去我的房间吧。我讨厌在厨房吃东西，这让我觉得自己像个厨娘。"

她把我带到一个狭窄的房间。一面墙上全是书架，放满了书籍、时尚杂志和唱片，房间里到处扔着内衣，她抓过来塞到一个抽屉里，用肩膀一顶，把抽屉关上了。房间里的东西其实很少，一张放着直尺、三角尺还有建筑学课本的桌子，上面落着一层灰尘，还有一张床。墙上有一张克利①作品的复制品，还有一幅巨大的毕加索像，画像中的他正在画架之前。"这是女佣的房间。"她说，"但自从埃娃离了婚，我们就用不着女佣了。"房间里还有一个小洗手间。洗手间的门上，一颗大头钉钉着一张打印的便条："早上八点起床上厕所，九点吃早餐，上午十点到下午一点在学校，午餐后午休，老老实实睡到下午四点，下午四点三十分（糊弄完午休之后），在家里读写信件，学习一些轻松的资料，晚上六点去埃娃店里，晚上八点后是自由时间，晚上十二点必须睡觉！"

"不要太当真。"埃娃从门外探着头说，"阿丽安娜每天都在写计划。"

"不好意思，这跟你有什么关系？"阿丽安娜说。

"有关系，"埃娃说，"你最好出来一下。只要你还住在这间房子里，你就有招待客人的职责。"

"我有话和雷奥说。"

"雷奥会理解的。"她回答道。她们怒气冲冲地盯着对方，而我却非常渴望逃离那里，因为我最无法忍受的就是家人间的争吵。阿丽安娜把目光从埃娃气得通红的脸上移

---

① 保罗·克利（Paul Klee, 1879—1940），瑞士裔德国画家，表现主义流派代表人物。

开。"你明天带我去音乐会好吗？"她说。我问什么音乐会，她告诉了我。

"如果你愿意的话。"我说。

"什么叫'如果我愿意的话'？"她的声音像冰雹一样。我好像被一股冷风吹过，借此机会，我打算溜走。在客厅里，我和维奥拉意味深长地交换了一个眼神，但除了她，其他人似乎没有注意到我和阿丽安娜的缺席。所有人都围着那个看起来像俄国人的年轻人，他唱着俄国风格的歌。阿丽安娜从房间里出来，找了一个距离歌手最远的沙发坐下，怒火在她的大眼睛里留下一道阴影。我走近她。"明天的约定还算数吗？"我边递给她一根烟边说。"如果你愿意的话。"她接过烟，回答道。我注意到她的手在微微颤抖，当她把头凑向打火机的火焰时，脸上已经恢复了平时的傲气。

下午，为了保持平静，我去了电影院，但那场电影简直要人命。下午的电影院里，那些无处可去之人憔悴的面孔和隐秘的小动作第一次让我觉得非常悲伤。于是我从电影院里出去，紧握拳头沿着小巷行走。离约会还有一个多小时，我无比清晰地感受到：每分钟的流逝，都是我的生命在流逝。六点四十五分，我站在举行音乐会的教堂前，是莫扎特的音乐。七点钟，门开了，涌出了一群人，他们很快就消失在巷子里。我一动不动地等待着。门又打开了，两个男孩走了出来，还有几位老太太，然后门再次关上。我一下子跳到街对面。教堂里，留到最后的管弦乐手们把乐器放回盒子，一位牧师在祭坛上来回走动，吹灭蜡烛。牧师看着我。"结束了。"他说。我重新关上门，坐在台阶上，不知道要做什么。这座城市那么空荡，甚至可以感受到那些房子正在变老。

之后的一个半小时，没有发生任何事。最后她来了。她坐在车里，身后是利维奥·斯特雷萨。"对不起。"她从窗口说，"你知道吗，整个下午，我们都在床上聊天，没有注意时间。"是的，现在我知道了，我可以高兴了。我站起来，掸了掸裤子上的灰尘。"你生气了吗？"当我上车坐到她身边时，她说，"不要说没有，很显然，你非常生气。"利维奥·斯特雷萨坐在后座，把手放在我的肩膀上。"要知道，"他说，"对这两姐妹来说，约定的时间就是她们开始化妆的时间。"他的举动让我厌烦。"如果一个人不化妆呢？"我说。他收回手，又开始和阿丽安娜说话。他们谈论的当然是埃娃和她的商店，也就是我们接下来要去的地方。

可以说，商店只是一种说法。那是圣三一大教堂附近的一套公寓，不像通常的古董店那样堆满了破玩意儿，那里只陈列了几件家具。一进去，你就能发现，卖掉一件家具就足够吃一个月。我想到了我父亲的商店，还有他那需要巨大耐心的小生意。他出售纸蝴蝶，厚厚的商品目录、放大镜、镊子，甚至回到家里时，他身上还带着轻微的胶水味。"我说，现在是我们说好的时间吗？"我们进去时，埃娃问。在几张沙发上，坐着左派的年轻记者、幽默作家，还有那位高级时装模特，她很高，比当年最受欢迎的身高还要高得多。他们在喝开胃酒，阿丽安娜从盘子里偷了两颗橄榄。"我们要走了。"她递给我一颗橄榄，说道。埃娃反对，说我们应该一起吃晚饭。当我们离开时，她没说再见。"哎呀，"阿丽安娜在出去的路上说，"你和我姐姐为什么不投缘呢？"

我们去了人民广场附近的一家酒窖，墙上满是酒瓶。阿丽安娜要了一杯雪莉酒，但她很焦虑，还没有下定决心要不要喝。"我真倒霉。"她说，"我从来不知道该做什么！"

"你为什么不玩一局单人扑克呢？"我不知道自己为什

么说那种话，还用了那种语气。我知道，周围的那些酒瓶让我想喝酒，想吵架。但她没有反应，她什么也没说；她带着傲气的面孔微微颤抖，把杯子放在柜台上。她奇怪地点头表示同意，从酒窖走了出去。我没有动，我端起她的雪莉酒，慢慢喝完，试图冷静下来。过了一会儿，我收拾好东西出去，在门口站着，看人行道上人流涌动。

"嘿。"她站在我身后，一扇小门的阴影下。

"你知道吗，"我说，"我想，我爱上你了。"

"哦，拜托！"她说，"别说了！"就在那一刻，发生了一个小小的意外，我隐约听到爆裂和滚动的声响。伴随着一个女人惊异的叫喊，一个装满橘子的塑料袋掉在人行道上。那女人向我求助，我开始在过路人的脚步之间捡拾那些掉落的橘子。我手忙脚乱，还能听见路人的笑声。当我捡完橘子，阿丽安娜退到了比门的阴影更深的地方。我背对着她，站在那里，就这样待了很长时间。她在阴影中，我嗅着指尖上残留的橘子香味，看着人群如河流般流经眼前，而我们就像站在岸边。"别再说这句话了。"她低低地说，"答应我。"

我说："好吧。"

"很好。"她说，她的声音从阴影中传出来，就像是乐队演奏时吉他独奏的声音，一开始很慎重，然后一个音符接着一个音符，越来越欢快，"你要带我去哪儿吃饭？"

"去查理餐厅？"这是城里最热门的餐厅。

"你疯了。"她笑着说。她在人行道上捡起一个被遗忘的橘子，开始剥皮。"我们随便去一个地方，谁也不离开谁，那就够了。"

"那根本不够。"我说。

我的口袋里揣着房租，我想把那些钱全花掉。在不远处的一家餐厅里，我几乎成功做到了这一点。那是一家高级餐厅，布置优雅，价格昂贵，服务员穿着礼服，腰杆笔挺。我们点了棕榈芯①、胡椒牛排和勃艮第葡萄酒。"有钱真好！"她说，"给人一种安全感！在威尼斯我没察觉这一点，是在罗马发现的。但在威尼斯，我有姐姐，而在这儿，我失去她了。"她说："你不知道埃娃以前是什么样的人！现在她变成了一个歇斯底里、非常势利的女人，但是，哦，我不能忘记埃娃年轻时是什么样的！天啊，变老真可怕。我不想变老，一点也不想！对男人来说就不同了，你们越老越迷人。就我的品味来说，你还太年轻了，你知道

_____

① 即栲恩特棕榈树树茎的内芯。这种棕榈树只生长在南美洲亚马孙河流域，因此其棕榈芯非常珍贵，被称作"蔬菜之王"。

吗？但女人！对于女人来说，变老是多么可怕的事！如果不是埃娃，我或许已经死掉或者疯了，你知道吗？但埃娃那样毁了利维奥，怎么能让人原谅呢？她勾三搭四，热衷于夜生活，让他不得不撑到凌晨四点才睡觉，即使是在他训练期间也是这样。他不再打球，埃娃就和他离婚了。你知道吗，利维奥·斯特雷萨是埃娃的前夫。"她这么说着，我记起了利维奥在剧院大厅里拿着酒杯的样子，我意识到他真的很倒霉，但又忍不住有点瞧不起他。他为什么不离开呢？这些家伙总是闹分手，却又害怕真的分手。

"好吧。"她说着，对给她斟酒的侍者绽开笑容，"悲伤的话题到此为止。给我讲点有趣的事，比如，你喝醉时教虚拟式的事。"

"不行。"我说，"我们最好离开这里，不然可能会染上坏习惯。你想去散散步吗？"

她说都可以。就这样我们出去散步，开始漫无目的地闲逛，时不时在灯火通明的橱窗前停下来。她看到一件丝绸连衣裙，上面缀着五颜六色的花，那裙子好像是为她量身定做的。"哦。"她说，"为什么你不是有钱人？我非常喜欢买衣服！"我刚才还有帮她买下这条裙子的可能，但付了餐厅的账单，这种可能性已经消失了。我用胳膊搂住她的腰，她顺从地跟着我，我们拐进一条小巷，我停下来，把手放在她的胸前。她的胸又小又硬，在轻薄的衬衣下随着我的手上下起伏。她靠在墙上，很认真地看着我。"哦，求你了！"她说，"对我温柔一点。"我们轻柔地接吻，反反复复，每次分开，我们都会互相看着彼此的面孔。此时是那么寂静，我们可以听到桥下的河水声。"去我家吧。"我说。我们当时置身于阴影之中，这时，她从阴影中出来，她的声音开始低沉，后来又变得清脆。"你疯了吗？"她笑着说，"我不想做爱，你还不明白吗？"她轻轻吻了我的嘴唇。"来吧，"她挽着我的胳膊说，"我们开车去兜兜风吧，这对我们俩都有好处。"

"你生气了吗？"她上车时说，"不要说没有，你看起来非常生气。"她还在微笑，如果她这么做是为了刺激我，那么她做到了。我什么也没说，只是从后座上拿起普鲁斯特的书，看起来好像没人碰过它。"我想去看个地方。"她突然转头望向河流，说道。她前往翁贝托风格的住宅区，停在一栋二层别墅前，别墅四周是一个巨大的花园。"你闻到了吗？"她边下车边说，"那是丁香花的味道。"我很熟悉那个气味，也很熟悉那栋别墅，那是圣艾利亚的别墅。"你喜欢吗？"阿丽安娜说。几年前，最后一次站在它前面时，我看到了一块红色的招租牌。窗户重新粉刷过，比起当时，花园也修剪得更精心。这里有一种静谧而私密的氛围，是一种我在这儿时没有的氛围。总之，它让我感觉这是另一个地方。我不喜欢这种感觉。"好吧。"阿丽安娜说，"这儿不是普鲁斯特笔下的贡布雷镇，但是一个可以接受的替代品，你不觉得吗？生活在这样的房子里，你只想听听音乐，养养丁香，做做果酱，就心满意足了。"

就听音乐而言，这地方再合适不过了，这是她想象不到的事。但我没有提到圣艾利亚伯爵的大三角钢琴。就在这时，楼梯深处的灯亮了起来，巴赫的音符向我们涌来。阿丽安娜很小心，过了一会儿，一个穿着衬衫的男人出现在那段楼梯顶部。他身材高大，身体灵活，发际线很高，棱角分明的后脑勺上长着灰色的头发。他看起来像毕加索，但比毕加索更高、更年轻、更硬朗。他环顾四周，轻轻吹了一声口哨。从花园的深处，很快传来了砾石移动和狗吠叫的声音，两只大丹犬跑上楼梯。"乖乖的。"那人说，但两条狗还是热情地扑了上来。"乖乖趴下。"他的命令愈发冷酷，而那两条狗趴在地上，不耐烦地嗷嗷叫着，直到那人给了它们一些吃的。"回去吧。"那人说。两条狗有些不情愿，在那里僵持着。这时，巴赫的音乐穿过敞开的门，声音更大了。"回去!"那人又一次说。两条狗用无限惆怅的目光看着他,走开了。那人转身回到屋里,不一会儿,一切都结束了:男人、狗、灯光、音乐。我看看阿丽安娜。"我每晚都来这里。"她说。

"为什么?"

"我不知道,"她说,"这可能是一种仪式,仪式总是给人一种安全感。有人去教堂,而我来这儿。"

"他是谁?"

"哦,一个画家。"

"他长得太像毕加索了,不知道画得怎么样。"我说,我瞬间想起挂在她卧室墙上的那幅巨大的毕加索像。真晦气,她不是因为毕加索才把那幅画挂在墙上的,这让我怒不可遏。"载我回我停车的地方。"我说。

"对不起。"她惊讶地说,"你不觉得,现在有点早吗?"

"不早了。"我说,"我累了。你自己一个人去意淫吧。"

她的表情变得僵硬。"你至少不用说得这么粗俗。"她说。

"是的。"我说,"我就是这么粗俗。"我没再说什么,她也生气地上车,匆匆发动了车子。当我们到达老阿尔法那儿时,我没有说再见就上车了。她想说些什么,但又改变了主意，最后砰地关上车门，轮胎发出刺耳的声音，她离开了。我看着她消失在街道尽头。我在崩溃的边缘，为了避免自己走进酒吧，直接回家了。我打开收音机，把沙发腾空，然后把台灯拿过来。我把枕头放在沙发塌陷的地方，把香烟放在伸手可以拿到的地方，翻开一本书，试图沉浸在阅读时内心那种令人安心的声音中。如果灵魂不同，那我们每个人内心的声音都会不同；如果灵魂相同，那声音就会相同。但无论如何，那声音都很完美，不会走调。也许，在我们哭喊着来到这个世界之前，我们已经有了这种未经演练的声音。

门铃响时，房子好像要倒塌一般。一阵电铃声又在安静的房间里响起，伴随着地震般激烈的冲击。我心乱如麻地去开门，她就在那儿，在门口对着我微笑，就像我是老鲍嘉①一样。"天啊，太吵了！"她指着门铃说，"我按了门牌上唯一一没有名字的那一户。"她走了进来，看了一眼前厅的镜子。"哦，"她撩动着头发说，"我很美！你不觉得吗？"我没有回答，她耸了耸肩膀，走进那个面朝峡谷的

---

① 亨弗莱·鲍嘉（Humphrey Bogart, 1899—1957），美国男演员，代表作《卡萨布兰卡》。

房间。"这就是你住的地方。"她环顾四周，说。房子年久失修，电源插座暴露在墙外，金属百叶窗的窗叶垂落在地板上，报纸堆在角落里，坏掉的电视埋在一堆脏衬衫下面。门把手上还挂着一条裤子，我抓起它，扔到沙发后面，但她注意到了，事情变得更糟。"这就是你住的地方。"她又说了一遍，继续环顾四周。"这看起来像个避难所。没人帮你收拾吗，比如一个打扫卫生的人？"她坐在床上，"你到底想不想说话？"

"我想说，"我回答道，"如果觉得不好，你可以离开。"

她一动不动地站了一会儿，看了一眼她不准时的手表。"对不起，"她说，"我知道，这个时间来访已经太晚了。"我注意到，她已经脱下了鞋子，现在不得不站起来，在床下找鞋。我走近她，用双臂抱紧她，而她仍然背对着我。她没有动。"我是来和你上床的。"她用有些沙哑的声音说。

我们一动不动地站着，等待什么事情发生，等待对方采取下一步行动。最后我松开双臂，她犹豫了一下，开始脱衣服。她脱衣服时，眼睛并没有看我，动作很快，好像正准备脱衣睡觉。当她脱下内裤时，我的心怦怦直跳，这是我有生以来第一次感到羞怯。"你不过来吗？"她用床单盖住身体，问我。我坐在她旁边。"你还在生气吗？"她温柔地说。我摇了摇头,眼睛里仍然有她身体的光芒,我有些不好意思。在开始脱衣服之前,我关掉了灯。当我躺在她旁边,躺在她那瘦小而坚硬的身体旁边时,我没有碰她,沉浸在不快乐之中。"爱抚我。"她温柔地说,收音机把外面世界的嘈杂带到了房间里,"就这样,拜托了。"我把手放在她扁平的小腹上,但无法移动。我浑身冰凉,很不快乐,身体里空荡荡的,没有一点我生命中最渴望的那种从腹部传向身体的暖流来让我靠近她。而她低声的恳求让一切更糟糕了,非但没让我靠近她,反而让她越来越远、遥不可及,而我仍冰冷、悲伤,无法行动。很长一段时间,收音机里交替传出窸窸窣窣的杂音和清晰的音乐,当我起床关掉它时,已经很晚了。阿丽安娜坐在床单中间,蜷缩在床上,背靠着墙,静静地看着我。我也坐在她对面,我们互相凝视着对方,仔细观察着彼此,直到重新躺下。但一切都没有改变,最后她睡着了。

黎明时分,天气变得更冷了,山里的树上满是鸟儿的歌声。阿丽安娜醒了,我们躺在那里听着窗外的鸟叫,房间开始明亮起来。她站起来穿衣服。"待着别动。"她说,轻轻吻了一下我的嘴唇。但我走到对着院子的窗户前,想再看看她。她朝大门走去,在黎明的光中弯着腰,有些费劲地打开车锁，上车离开了。我回到了对着山谷的房间，看到那张凌乱的床，心里感到一阵疼痛。我把床单都掀开，又小心整理好，床单上仍然有她的气味。我去给自己沏了一杯茶。

等待水沸腾的时候，我打开收音机，里面播放着老歌，还有世界各地的新闻。总而言之，这个世界依然运转良好。

五

　　我在寂静中醒来，家里到处都是阳光。那时已经快中午了，窗户开着，但听不到一点声响。夜里应该是发生了什么，有些事正无法避免地走向终结。我从床上下来，走到阳台上，外面没有一丝风。静止的晴空之下，山谷缄默着，就好像在等待某种旨意。我过了一会儿才明白过来：天气变暖和了。我忽然知道该做什么了。奇怪的是，季节变化总让我们渴望待在另一个地方。可能是天气改变让我们想到了其他气候；可能是意识到时间过去了，但我们还停留在原地。事实上，每次气候变化，我都想扬帆远去，可大部分时候，我哪儿都没去。但那天早上，我决定动身离开。我在行李箱里放了几件衬衣，还有几本书。我开始吃早餐，想着自己口袋里的钱，以及可以去的地方。我没有多少钱，也没有多少地方可去。可以去的地方越来越少了。

我想去北方，但不是米兰，我并不需要回家。不知道为什么，我想到了斯特雷萨①的湖景。这个季节，那里的杜鹃花应该都开了，穿着白衣服的老人们喝着橙汁，在大树阴凉处看着报纸，面朝山脉那边的欧洲。"是啊，这主意不错。"格拉齐亚诺说，他下午刚刚打来电话，"无论如何，不要去克里特岛，那里只有石头。"他是一天或两天前从希腊回来的，我记不清楚了，只记得他找过我，这是可以确信的事。"无论如何，不要匆忙做决定。我在这里等你。"他说，"这儿简直太美了。"

他说的是纳沃纳广场，那儿的确很美。我到那里时，产生了一个愚蠢的想法——那里的天空比别处更蓝。我一眼就看见了格拉齐亚诺。他穿着一套白色西装，风流倜傥，坐在多米兹阿诺咖啡馆的一张小沙发上，戴着一副墨镜，苍白的面孔对着太阳。他胡子留长了，两只手都占着，一只手端着一杯啤酒，另一只手上是威士忌。"你别这么喝。"我在他身后说，"你不知道酒精会慢慢杀死一个人吗？"

---

① 意大利西北部小城，位于意大利第二大湖马焦雷湖西岸。

"无所谓。"他说,"我不着急。"这是我们常说的话。我们亲了一下对方的脸颊,我问他为什么留胡子。他伸出一只手指,放在嘴唇上,让我小声一点。"我要隐姓埋名,不想让别人认出我。"他说,"留胡子,戴墨镜,跟那些冷爵士乐手 ① 一样颓废。"就差吸毒了,但他说那是大学生搞的玩意儿,一杯美味的"二重奏"比什么都好。说起喝酒,他是来真的。有一次,我看到他端起一杯啤酒,灌进衬衣领子里,我在状态最好的时候,也从来都没做出过这么离谱的事。"这样你就暴露身份了。"我说,"没人像你这样,同时喝两种酒。"

"才不是这样。"他把两个杯子举了举,说道,"这里一切都不一样了。不再是左手威士忌,右手啤酒;而是左手啤酒,右手威士忌。我知道的太多,比魔鬼精明。你怎么样?"

"你在躲什么人?"

"躲我的妻子和孩子,你要记住,你并没有见过我。"他说,"但我觉得,我躲不过她。我刚才问,你怎么样?"

"还能怎么样。"我望了一眼广场,"我还不错。"在那

---

① 冷爵士乐是一种在 20 世纪 40 年代兴起于美国西海岸的爵士乐类型,其特点是忧郁、压抑的情感表达,以及较少的即兴演奏。

个时间，广场上全是老年人，还有骑着自行车的小孩，看护孩子的母亲都坐在喷泉边上。咖啡馆里，教堂的阴影处，零零散散的几个顾客喝着咖啡，翻阅着眼前的报纸。和斯特雷萨比起来，就差湖水和杜鹃花了。在广场上，没有一张我们认识的面孔。两年前，我们在这里和朋友见面。我们会搬着凳子，从一张桌子聊到另一张桌子，免得凳子被人占了。那段时光已经过去了，只有服务员还是之前的那些，无论发生什么事，服务员都还在。我看到了长得像失意的戏剧演员的老伙计恩里科，要了一杯鲜榨橙汁。格拉齐亚诺嬉笑着说："你别以为能蒙得了我。你别以为能骗过你最好的朋友。我知道，在黄昏降临时，你会把自己关在洗手间里，偷偷来上几杯鸡尾酒。"

"我没有。"我说，"你知道，那不是真的。"

"当然了。"他说，"我自己瞎说的。我只知道，回到家里，要靠吃维生素维系健康，真是令人忧伤。你能不能说说，你为什么戒了酒。"

"我担心，我真的会去做。"

"去做什么？"

"去死。"我说。

他沉默了一会儿，想点一根雪茄。他费了好大工夫才点燃，然后对我露出一个灿烂的微笑。"这根雪茄很棒。"他说，"简直比魔鬼还精明。"他又回去坐在对着太阳的沙发上，伸长了身子。但他透过墨镜，看着对面桌的两个小伙子。他们留着长头发，梳得很整齐，穿着凉鞋，系着皮带，穿着印第安样式的上衣。他们在试着吹一支笛子。忽然间，格拉齐亚诺对着他们喷了一口雪茄。"吹笛子的狗屁叛逆者。"他说。那两个小伙子停了下来，面面相觑。随后，二人中更强壮的那个把笛子伸到格拉齐亚诺眼前，很客气地说："塞到你屁眼里试试？"格拉齐亚诺在墨镜下面露出一个微笑，说："那样吹出来的声音并不会有太大差别。"这时我站了起来，把钱放在桌子上。我清楚他说话的方式，他从来不知道该什么时候住嘴。"你看到那两个人了吗？"我们走到游廊下，他说，"我把他们教训了一顿，是不是？"

"当然了。"我说，"你让他们知道你的厉害了。"

"我是给了他们一点颜色看看。我受不了这些吹笛子的狗屁叛逆者。你看到他们长得多周正了吧？牙齿简直都能咬断生铁，就跟咬牛轧糖似的。"他的牙齿很细小，钙已经流失了。尽管他身上穿着价值二十万里拉的西装，但牙齿暴露了他潦倒的真面目。牙齿总是能暴露一个人贫穷的出身，牙齿和眼睛。格拉齐亚诺在战争期间挨了不少饿，他总是胃疼，医生给他动了两次手术，才发现胃痛的根源是他小时候对饥饿的记忆。我们脱掉了外套，在阳光下走着。

"在克里特岛，只有石头。"我说，"是这样吗？"

"只有石头，连一个弹弓也没有。"他说。

"都是大石头吗？"我问。我知道，这次他出去，一定不怎么顺心。

"大石头，小石头，大大小小的石头。简直让人蛋疼！"我们已经走到了鲜花广场，他说。我们在市场里的小摊前转悠，广场上阳光灿烂，四处都是叫卖的声音。只有布鲁诺雕像[①]那里又寂静又阴郁，那也有它的原因。到了西斯都桥，格拉齐亚诺不愿意过河，因为过了河，就距离他的妻子太近了。他的妻子和所有美国女人一样，都喜欢台伯河岸的核心地段。格拉齐亚诺的妻子叫桑迪，我对她不是很熟悉。她是个很有个性的女人，年龄要比格拉齐亚诺大十一二岁，是个香肠大亨的女儿，结婚时带来一辆宾利作为嫁妆，还有一只天蓝色的贵宾狗、两个十五岁的双

[①] 即意大利文艺复兴时期哲学家、数学家、诗人焦尔达诺·布鲁诺（Giordano Bruno, 1548—1600）的雕像。布鲁诺因其对日心说的拥护和泛神论思想被罗马宗教法庭视为异端并判处有罪，于1600年在鲜花广场被处以火刑。

胞胎女儿和一股浓郁的烟味。格拉齐亚诺在她面前总是很冷淡，但自从他没法和妻子做爱，就不得不改变对她的态度。这事发生在他陪妻子回娘家的旅行中，两人去了得克萨斯州，他发现妻子家里简直有钱到了让人难以置信的地步。从那时开始，他便没法和妻子做爱，没法碰她。"震惊性阳痿。"他是这么定义的。正因为这个原因，他们才经常旅行，这样格拉齐亚诺就可以散散心，但越是旅行，他就越震惊。而在克里特岛的这次旅行简直太要命了。在这次旅行中，他本应该写完一篇小说。但一个月之后，他遇到了一个希腊姑娘，名叫妮阿克斯，他们一起私奔了，卷走了妻子的四百万里拉。他们在科孚岛①的一家赌场里，一刻钟内就输光了钱。他们本来计划让那笔钱翻倍，把桑迪的钱还给她，然后消失在希腊的某个小岛上。但是，妮阿克斯在输光钱的第二天早上就消失了，他不得不打电话给妻子，让她来付住旅馆的钱。因为如果没人付账的话，他就无法脱身。桑迪带着双胞胎来赎他了。格拉齐亚诺百般辩解，说他之前那"不中用的配件"现在已经有了好转，试图用这个消息安慰妻子，但桑迪的手提包还是砸向了他，

①又称克基拉岛，位于希腊西北部、伊奥尼亚海沿岸。

给他留了一个淤青的眼窝。"但是，雷奥。"他摘了墨镜，想让我看看那依然乌青的眼眶，"真是太棒了。我说的是妮阿克斯。你无法想象她有多火辣，她不是那种傍大款的女人，你知道吗？她可能是赌场里的人。"他沉默了一会儿，想着妮阿克斯。"除此之外，"他说，"来到这个世界上，第一件事就是挨一个大耳刮子，你还能对生活有什么期待呢？"

"非常深刻。"我说，"然后呢？"

"全是倒霉的事，孩子，简直是倒霉透顶了。我之前以为，我那'不中用的玩意儿'一旦被那个希腊女孩开启，它就能运作起来，这可能是唯一能让她平静下来的方法。我说的是桑迪，我想把她抓住，扔到床上。像个真爷们儿那样，天啊。可是，当她已经准备好原谅我做的一切，我还是不行。我想着妮阿克斯，就像个倒了霉的金融家。"

"好吧。"我说，"这种事有时的确会发生，别太放在心上。"

"别安慰我。"他很阴郁地说。他突然明白过来。"该不会，"他接着说，"这事也发生在我们的老斗牛士①身上了？"

---

① 原文为 Manolete，即西班牙斗牛士马诺莱特，原名为曼纽尔·罗德里格斯·桑切斯（Manuel Laureano Rodríguez Sánchez，1917—1947）。

"昨天晚上。"

"可怜的孩子。"他用一只胳膊揽住了我的肩膀,"因为这个缘故,你也想离开一阵子吗?"我觉得我没法回答这个问题。我们坐在河边的矮墙上,看着河流,河水很脏,旁若无人地静静向前流淌。格拉齐亚诺用一种文绉绉的语气说:"我不知道众神是怎么回事,但是那条河流……"

"关于众神,我知道得不多,但我认为那条河流是个强壮的、棕色的神。"我模仿他的语气,说道,"这是艾略特的句子。孩子,你不能这样引用它。"

"你在做什么?你觉得你挖个坑,我就会往里跳吗?你听这段:神情阴郁,桀骜不驯,耐心有限。"他抬起一根手指,"大海和河流那句话是怎么说的?"

"河在我们之中,海在我们的四周。"①

"很好,孩子。你在读什么书?"我说我在读《伊利亚特》。他抬头看着天空说:"哦,我的上帝,听听他在说什么。我在外面遭遇地狱般的惩罚,他在做什么呢?读《伊利亚特》。"

"我在读《伊利亚特》,是因为我想着你旅行回来时,

① 出自英国诗人 T. S. 艾略特创作的组诗《四个四重奏》,译林出版社 2017 年版,裘小龙译。文中引用的诗句出自其中的《干塞尔维其斯》。

我们有东西可以聊。"我说，"难道你去的不是荷马史诗里描写的大海吗？"

"你会明白的。"他说，"那里只有石头。"

"大海呢？那里的大海是什么样的？"

"大海？"他想了一下，"大海'在我们的四周'。"

我们沿着河流散步，头顶上是浓荫蔽日的梧桐树。我们时不时停下来，看着两岸的风景。河水在拐弯的时候，风景会发生变化。我们看见教堂的圆顶、桥梁，还有沐浴在阳光下的老房子，仿佛想要在黄昏来临前留住那束光亮。最后，圣天使城堡出现了，比其他建筑更坚固、幽深。天使就在城堡的顶端，有些风化了。"我们必须做些什么。"格拉齐亚诺说，"你打算做些什么？"

"我已经告诉你了。"

"孩子，这没什么用的。你必须做出决定，你不能这样下去了。"

"你在做什么？"我说，"现在连你也这样说我吗？"

"当然了。"他说，"我这样说是为了拯救你的灵魂，你这样下去可不行。"他一边说，一边指了指那个天使的雕像。"三十岁天使出现在你面前，手里拿着一把亮光闪闪的宝剑，最后一次问你，你打算怎么生活。你会怎么回答呢？"

我告诉格拉齐亚诺，我会让那个天使冲着我的守护天使去。"那是守护天使的事。"我说，"他已经暴怒了。"但这时他沉浸在自己的心思里，什么话也没说。我们一直走到了人民广场，在每家咖啡馆里，我们都会收到格拉齐亚诺妻子留的话。但他满不在乎，把大把的钱塞给那些酒吧服务员，作为替他捎话带信的小费，想要买通他们。他每次付钱时，总是会激动地拿出一卷钞票。"小说已经死了。"他从咖啡馆出来时，忽然说。

"人人都那么说。"

"我说的是我的小说。"他说。我觉得很遗憾，因为那是他唯一的支撑。"写小说太难了，也太没有用了。我们应该做些具体的事情，要不然当见到守护天使时，我们还能怎么说呢？"他抬起了一根消瘦的手指，"事情实际上是什么样的，你现在应该已经知道了吧？你希望由你最好的朋友告诉你，事情实际上是什么样的吗？"

"要带着应有的谨慎。"

"我完善了一个理论。这是个伟大的创举，理论要比实践好很多，你看看四周。"我们走在大街上，周围全是从办公室里出来的人。他说："看看四周，有没有什么东西让你有归属感？没有，什么也没有。你知道为什么没有吗？因为我们属于一个已经灭绝的品种。我们是幸存者，事情就是这样。"他停下来，点了一根雪茄。"为什么会出现这种情况？如果你不知道的话，我可以告诉你：在我们出生时，美丽而古老的欧洲正在进行一场精心策划的自杀，彻底而清醒。我们的父亲是谁？他们当时在祖国的前线上厮杀，现在，这些前线已经不存在了。我们是在他们放假的间隙孕育的，他们抚摸我们母亲耳垂的手还在滴血——这是一个不错的意象。或者说我们是那些老人、病人，那些糊涂之人的孩子。无论如何，我们不是毁灭者，就是被毁灭者。我们的父亲是历史上最倒霉的人。""你说你自己吧，别扯上我。"我说。但我想到了我父亲的沉默，他刚从战场上回到家里，就在厨房里修理那把椅子。我一言未发。格拉齐亚诺接着说："你应该四处看看。我们那些英雄父亲回到家里，办了一场人类历史上最沉闷、最庸俗，也最喜庆的葬礼。他们也生了其他孩子，就是那些吹笛子的反叛者，现在他们在社会上找到了位置，但我们这些人呢？我们只是一段痛苦的记忆，是屠杀中的幸存者。我们唯一所能做的，就是满足于别人的剩饭。"

"那是运气好的时候。"我想到了在伦佐家做客时的那碗花生，又想到了那辆破旧的阿尔法，还有在山谷上的房子。他说的都是事实，我拥有的一切都是别人剩下的，除了阿丽安娜，但我并不拥有她。"好吧。"我说，"我们这些幸存者能不能把剩饭变成一个美味多汁的汉堡？我饿了。"

"当然可以。"他说，"但你的守护天使出现在你面前时，你会做什么？你会让他吃放了生洋葱的碎肉饼吗？"

"还有一片生菜叶子。"我说，"你有什么推荐吗？"

"一部电影。"他说，"我们拍一部电影，你觉得怎么样？电影讲的故事是这样的：当守护天使问一个人这一生想做什么，他回到家里，杀死了自己的父亲。"我想了一会儿。"或者我们拍一部精彩的西部片。"他说，"现在最叫座的是哪种类型的电影？"

"西部片。"我说，"我已经想好了片名：《最后的莫希干人》①。你觉得怎么样？"

"骑马的基佬片。"他说，"你就不能和我认真地聊一聊吗？能不能再严肃一点？"

"谁来投钱？"

---

① 美国 19 世纪浪漫主义作家詹姆斯·费尼莫尔·库柏（James Fenimore Cooper, 1789—1851）于 1826 年创作的小说，描述了美国 18 世纪边疆拓荒时代的族群斗争与独立精神。

"你动动脑子，"他坐在西班牙广场的台阶上说，"当然是桑迪，还有谁能投钱呢？一旦我能够给她提供必要的保证，她一定会投钱的。你有没有一根橡胶鸡巴？"

广场的台阶上摆着很多杜鹃，到处都是种在花盆里的杜鹃。那里还有很多画家、嬉皮士、游客和卖项链的人。夜幕正降临在罗马的屋顶上，一阵阵微风吹拂着我们的衬衣，带来芬芳的花香。格拉齐亚诺没有说话，他有些垂头丧气，看着喷泉旁边的那些人。微风吹拂着他的胡子，他漫不经心地叼着雪茄，点燃的一端在风中亮起红光。这座城市抚慰着我们，阿丽安娜逐渐浮现在我心里，这是一件自然的事。因为无论如何，我们之间没有发生任何无法挽回的事，在这座城市里，没有任何事情是无法挽回的。这里或许会发生一些让人伤心的事，但并非无法挽回。无论如何，我想见她。如果我要去找她的话，下午的那个时间，她应该在埃娃的商店里玩她的单人扑克。"我们走吧，"我说，"我认识这里的一些人，他们可能会请我们喝点东西。"

"剩饭。"他说，"除了剩饭，还是剩饭。"最后他站起来跟着我，爬上了那些台阶。我们来到圣三一大教堂，走了一段下山的台阶，那是通往埃娃商店的路。我们抓着台阶旁边的扶手向上爬，推开商店的玻璃门时，门上的铃铛发出叮叮当当的声音。店里还是以前那些人：那个幽默作家正在大声朗读什么东西；利维奥·斯特雷萨；那个叫保罗的人；还有那个在女人面前很殷勤的记者，他坐在阿丽安娜旁边。我走进去之后，大家都向我打招呼，就好像我出现在那里是最正常不过的事。

我并不讨厌这一点。我把格拉齐亚诺介绍给大家，他忽然感觉到有些窘迫，想把外套穿上，在那儿寻找衣服的袖子。"你们好吗？"他说。阿丽安娜对着他微笑了一下，这让他一阵惊慌。他把上衣的扣子扣好，走到阿丽安娜跟前时，在地毯上绊了一下，差一点摔倒，阿丽安娜笑了起来。只有在这时候，我才能意识到他醉得有多厉害。"你们为什么不坐下来呢？"埃娃说，"我觉得，坐下来会安全一点。"但我说我们马上就走，我们有事要做。格拉齐亚诺用很惊异的眼神看着我，最后决定配合我，他吸了一口剩下的那半截雪茄。"当然了。"他说，"我们有特别多的事要做，都是大忙人。"

"只待一会儿就好。"阿丽安娜不再翻转桌上的牌。她说："求你们了。"

"如果他们有事，我们也不能硬留。"埃娃说。其他人没有说话，都带着一种善解人意的微笑，看着我们。

"但他们刚刚才到。"阿丽安娜说。她的语气非常急迫，这触动了格拉齐亚诺的某根神经，他又看着她，嘴上的微笑消失了。"这是谁的女朋友？"他盯着阿丽安娜说。有人笑了起来，这让他有些生气。"怎么了？"他说，"难道我不能问一下吗？"他忽然沉默下来了，向前走了几步，想找一个可以倚靠的地方。距离他比较近的是一张有些晃动的小桌子，上面放着一个中国花瓶。有那么一刹那，所有人都露出紧张的神情，觉得自己马上会听到一声巨响。埃娃的脸色变得铁青，但她佯装愉快，一把抓住了格拉齐亚诺的一只手臂，扶他坐在一把椅子上。"永远都不要坐下。"他伸出一根手指说，"因为最后可能不会有人扶你起来。"他调整了一下坐姿，想更清楚地看着阿丽安娜。他对她说："我们聊点什么？"

　　"我们聊一聊虚拟式？"她说。

　　"我们聊一聊我们去哪儿吃饭，你、我，还有雷奥。"格拉齐亚诺说，"雷奥就是那个小伙子，他是我最好的朋友。"

　　"我猜到了。"阿丽安娜说。

　　"你们不是有事吗？"埃娃说。她又开始担心起来了，使劲抿了抿嘴。

　　"已经取消了。"格拉齐亚诺说，"我们把所有事都取消了，为什么您不一起来呢？我们去查理餐厅吃一点剩饭，查理家的剩饭是城里最好的。"

"算了吧。"我说，"下次再说吧。"

"你总是这么说，我了解你，你比魔鬼还精明。"

"这一点我可以保证。"阿丽安娜说。

"好吧，好吧。"他抬起一根手指说，"永远都不要强人所难，这不太礼貌。现在我要站起来了。"他说着，开始召唤自己的双腿。我想帮助他，但他推开了我，我们都站在那儿，看着他重新站起来。他试了三次才站了起来，阿丽安娜发出了一阵笑声："自助者天助，是不是？"他看了阿丽安娜一眼，说："自助者自助。"他亲了一下阿丽安娜的手，还有埃娃和那个女模特的手。从礼数方面来说，他非常得体，但这时挽回面子已经太晚了。我们只能尽快离开，越快越好。阿丽安娜陪我们走到了门口。"你好吗？"她很温柔地说。"我还能怎么样呢？"我说，"我很好。"我们从台阶下去时，她一直站在那儿目送我们。这并没有让我们尽快离开，因为格拉齐亚诺不停回头看她。我们一出门，情况就变好了一点。晚风让他清醒了一些，他又打起了精神，问道："她是谁的女朋友？"

"她不属于任何人。"

"怎么可能？她难道不是你的女朋友吗？"

"不是。"

"太好了。"他说，"现在我要回家，洗一个澡，然后再去找她。"但他没有回家，我们去了巴布依诺街的一家小饭馆，进去之后，他大声问这儿最好的剩饭是什么。他们给他端上来一大盘奶油通心粉，他急匆匆吃完，一句话也没有说，就好像在输血。"你骗不了我，"他吃完饭，抬起头来说，"她就是你的女朋友。"

晚上十二点的时候，我们来到了一家舞厅。那里又黑又吵，跟其他舞厅没有什么两样，里面全是些鬼魂。我们选择了一个距离音响非常远的地方，但没什么用，要想说句话，还是得冲着对方的耳朵叫喊。我很想离开那里，但格拉齐亚诺盯着在舞厅中央闪光的方形台子上跳舞的几个长腿姑娘。这些姑娘中，有一个他特别喜欢，后来他忽然冲进了跳舞的人群，期望我能跟着他。有那么一阵子，我们三个人一起跳舞，那姑娘看起来也没有什么不自在。实际上，在舞池里，大家都各跳各的，就像在滑冰场一样。突然间，在黑暗中又冒出另一个姑娘，她一个人在舞厅里闲逛，最后我们四个人一起跳舞。

在音乐停止的间隙，我们请两个姑娘和我们待在一起。我们来到小桌子前面，格拉齐亚诺要了一瓶香槟。那两个姑娘喝起香槟，就好像在喝橙汁一样。她们俩真不错，就喝酒来说，非常知道自己在做什么。"请允许我介绍一下。"格拉齐亚诺说，"加扎拉和卡斯特尔维乔——最后的莫希干人。"其中一个姑娘问我们是不是属于某个合唱团。"是的。"格拉齐亚诺说，"负罪感合唱团①。你们要再来一杯香槟吗？"但她们更愿意去跳舞。我们跟着她们一起下到舞池，我决定玩个痛快。过了一会儿，我们利用双人舞曲的时机，还有一起喝了香槟的情分，想拥抱她们。但她们不喜欢我们的手落在身上，就躲开了我们伸出的双臂，在一旁轻轻地扭动身体，这让我们很尴尬。但我们并没放弃。后来舞厅主持人放了一曲复古音乐，是"猫王"在十几年前的一首歌，我们利用这个机会抱紧了姑娘。"你听到了没有，雷奥？"格拉齐亚诺越过那个姑娘的肩头向我挤眼睛，"是老伙计埃尔维斯②。"但他的舞伴很不耐烦地挣脱了。"怎么可能，这儿还放这种老掉牙的歌？"她对同伴说。她

---

① 原文为 complesso di colpa，意为"负罪感"。此处是格拉齐亚诺的一个语言游戏，其中的"complesso"一词在意大利语中既有"情结、感受"之意，也有"合唱团"的意思。
② 即"猫王"，美国歌手埃尔维斯·普雷斯利（Elvis Presley, 1935—1977）。

们更愿意聊自己的。

"唱片是唯一没有被社会进步摧毁的东西。"当我们回到桌子前，他说。我觉得这是一个不错的话题，但在她们听来，这是一个关于时间的论断，不值一聊。我们一边喝酒，一边看着舞厅。"来吧，姑娘们，我们聊一聊。"格拉齐亚诺说，"喝了这么多香槟，你们还是鼻孔朝天，这让我觉得自己是一个特别倒霉的老头。"那两个姑娘用惊异的眼光看着他。她们或许愿意聊聊，但这个时候，出现了一个长头发的小伙子，身上穿着红色的绒布衣服。他走到桌子前，拉住了格拉齐亚诺面前的那个姑娘。"你想来我这儿吗？"他说。那女孩正准备站起来，这时格拉齐亚诺的脸色变得苍白，他不假思索地扑向了那个年轻人。

周围光线灰暗，在混乱中，没人觉察到我们这一桌发生了斗殴。那是一场非常短暂的冲突，格拉齐亚诺丢掉了墨镜，衬衣也被撕破了。他回到了座位上，问："那个浑蛋是谁？"两个姑娘拦着那个年轻人。最后，他们都走开了。"我要给他们点颜色看看。"格拉齐亚诺气喘吁吁地说，"我要给这些吹笛子的叛逆者看看我的厉害。我点了香槟酒，他却把两个姑娘弄走了。现在我要回家洗个澡，再回来找他，打破他那张臭脸。"但他已经精疲力竭了，歪在椅子上喘息，连举起杯子的力气都没有。他用了很长时间才打起精神。有一会儿，他咬着嘴唇，看着黑漆漆的舞厅。他站了起来，朝着洗手间的方向走去，但在舞厅的中间停了下来，跳上了那个亮光闪闪的方形舞台。他上去之后并没有跳舞，只是一动不动地站在那里，看着下方距离他有一米多高的地面。当我意识到他要做什么时，已经太晚了。这不是我第一次看见他做这个游戏，我以为，他已经不再会来这一手了。他在舞台的边缘摇晃了一下，脸朝下摔了下来。

我奋力拨开人群，向他走过去。他的脸贴在亚麻油毡布上，一动不动，看起来非常可怕。有人在摇晃他的肩膀，小心翼翼，带着一丝恶心，就好像看见陌生人晕倒在马路中间一样。我很小心地把他翻过来。他的胡子上沾着血。"好彩香烟①。"格拉齐亚诺心平气和地说。在这种时候，他只抽这种烟。我把他的话转告给服务员。过了一会儿，他们送来一支好彩，我把烟点着，放在他的嘴唇之间。"让他把烟抽完吧。"那些服务员正想把他扶起来，我说，"他抽完烟，自己会站起来的。"事实上，过了一会儿，他让我扶

① Lucky Strike，第二次世界大战时期美国军队的特供烟，世界上最早的香烟品牌。

他起来。我把他带到洗手间里，在里面等着他吐完。我用一张打湿的卫生纸帮他擦了擦脸。他额头正中间鼓起来一个包。"天啊，摔得可真狠。"他用手摸了摸那个包，"你摸摸看，它正在跳动，就像一颗心脏。"我想帮他清理一下衬衣，却让情况更加糟糕。"算了吧。"他说，"我有的是衬衣。"我们从那里出去，再次经过舞厅，他不希望我帮他。他挺胸抬头向前走去。自杀未遂之后，人总是需要很多尊严。

他不愿乘坐出租车，我们开始向前走，但他马上就累了，我们不得不坐在一座大教堂的台阶上。这座教堂矗立在一个很空旷的广场上。他点燃一根雪茄，目光扫过那座大教堂的围墙，发现有扇小门开着。这时，他站了起来，想看一看那扇小门通往哪儿。我们看见了一条回廊，是用几根石头柱子支撑起来的。"天啊，又是石头。"他说。我们头顶上是非常高的拱门，是用砖头砌成的。我们看着上方，可以看到星空被切成一块一块的，就像画在图纸上的行星轨迹：有些是圆形的，有些像月食一般被覆盖，有些是三角形的。我们站在那儿看着，听见有人在敲一面玻璃，一位修士出现在一扇还亮着灯的窗户旁。"你们想要做什么？"他很客气地轻声问道。

"上帝住在几层？"我问。格拉齐亚诺在阴影里，默默笑了。那位修士沉默了一下，在想应该怎样回答这个问题。他用大拇指指了指上面。"他住在顶楼。"他说，"但现在已经睡着了，你们有话对他说吗？"

"是的。"格拉齐亚诺说，"我们一直在找他，但没有找到，现在轮到他来找我们了。"

"白天再来吧。"那位修士说，"你们现在回家吧，记得关门，晚安。"

"你听见那位兄弟在说什么吗？简直比魔鬼还精明。"我们从里面出来时，格拉齐亚诺说，"你觉得，我们在哪儿可以找到出租车？我现在已经走不动了。"我找到一辆出租车，我们坐在后排的座位上。格拉齐亚诺唱起了"猫王"的一首歌。"空前绝后，你说是不是？"他时不时说，"已经不再会有像'猫王'那样的人，是不是？雷奥，你知道我们现在要做什么吗？我们现在去找桑迪，叫醒她，让她资助我们的电影。"

"她会朝我们开枪的。"

"她才不会呢。"他说，"她是个见过世面的女人，你觉得呢？她也知道我是个居家的男人。至少在某种意义上是这样。再说，我们家里也没有武器。"

我们根本就不需要叫醒她。桑迪醒着，根本就不让我们进门。门口放着一张很大的乒乓球桌。格拉齐亚诺摔成那个样子，只会给她火上浇油。你们去了哪儿？做了什么？桑迪脸上涂着一层润肤膏，头上还顶着一块手帕。看起来，她的心情不怎么好，但我们没有特别在意这一点，艰难地抵抗着她的攻击。格拉齐亚诺脸上带着一个狡黠的微笑，一屁股坐在那个房间唯一的沙发上，默默地看着我们。"我们有正事要谈。"他说。

"现在不是说这个的时候，格拉齐亚诺。"我说。

"什么正事？"桑迪说，"这就是正经事吗？谁来付钱？谁整天都在付钱？我不能养着你的朋友们。我现在想知道，谁来付钱。"她的双胞胎女儿也醒着，她们坐在乒乓球桌上，嘴里嚼着口香糖。格拉齐亚诺发现她们还在那里，就说："你们俩现在不睡觉在做什么？"他语气里充满了父爱，很温柔，也充满了担忧、气愤和威严，就好像是演员在尝试一句很难的台词。但忽然间他取下了皮带，我以为他要用皮带抽打坐在桌子上的那两个姑娘，但他把皮带系在了头上，然后头朝下倒在沙发上。这是他防止脱发的方法。"你看看你。"桑迪怒不可遏地说，"你要头发有什么用？"

"我也不知道。"我说，"可能是为了梳头。"

格拉齐亚诺窃笑了一声，我也忍不住露出一个微笑。这句台词说得很是时候，还不坏。但桑迪并不欣赏，她大喊大叫起来。"基佬！"她说，"死基佬！"这个时候，我知道我该离开了。我欠了欠身，站在门口问格拉齐亚诺要不要一起走。他的头还是朝着地面。"不了，雷奥。"他说，"我才回到桑迪这儿，她会生气的。"就这样，我把他留在那里，任由他用一个可以忍受的姿势看着生活。

但我已经累到了极限。我走进一条小巷里，向西斯都桥走去，开始用脚踢着路边的垃圾桶，把它们踢翻在地。河流看起来黑漆漆的，在远处的贾尼科洛山上，灯塔的光束有规律地刺向天空。在鲜花广场上，人们已经开始布置第二天市场上的摊位了。我从一个箱子里拿了两个苹果，一边吃，一边走上了纳沃纳广场。在空荡荡的广场中间，喷泉静止着，蓝色的池底熠熠生辉。在这个时间，这座广场简直美妙绝伦。它好像能意识到自己的辉煌，也意识到自己的幸存徒劳无功。我坐在游廊的下面，看着那座广场，积攒回家的力气。但我仍不想回家，这时我想去看海。路上空荡荡的，我的破阿尔法开得很快，不到半个小时就到了海边。

大海黑魆魆一片，无边无际，非常宽阔。我坐在防波堤的顶端。四周的大海，所有的波浪都消散开来，渔船上的灯火在远处的黑暗中闪烁。卡瓦菲斯[①]是怎么说的？城市会永远跟随你。他还说，不要对任何事物寄予希望，没有任何船只、任何道路为你而设。既然你在世界的这个小小角落浪费了你的生活，那么在世界的任何地方，你的生活都已经毁了。[②]老卡瓦菲斯简直比魔鬼还精明。我在海堤上抽了两支烟，想到家里还有收拾好的行李。好吧，我已经到达了我想到达的地方，现在只能回去。

我到家时，遥远的天空已经渐渐发白。栅栏门前停了一辆英国产小汽车。我很熟悉那辆车，也很熟悉车里坐着的姑娘，她在座位上睡着了。"阿丽安娜。"我说，"你在这儿做什么？"她用了一会儿时间，才搞清楚自己身在何处。她费力地露出一个微笑。"哦，雷奥。"她说，"我担心你不会回来了。"

[①] 康斯坦丁·卡瓦菲斯（C. P. Cavafy, 1863—1933），希腊最重要的现代诗人之一。
[②] 出自卡瓦菲斯的《城市》。

六

夏天出人意料地提前到来了。从五月开始，天空湛蓝，一朵云也没有。城市里连续几天都是这样的天气，我们惊喜地发现，夏天来了。酒吧的玻璃门都敞开着，台伯河岸上，遮阳棚下的点唱机开始鸣唱，播放着沉默了一个冬季的歌曲。一批批小巴士把一群群游客倾倒在古罗马废墟面前。罗马开始了让人疲惫的漫长夏季。我做出了决定，让伦佐给我在电视台找份工作。他很高兴，还请我在查理餐厅吃午饭。他让我在一份申请上签了字，还告诉我应聘上这份工作后，我可以做的很多有趣的事。他确信，我是个能适应新环境的人。他并没说明是什么样的环境，但他确信我一定能行。

在等待进入电视台工作期间，我每天早上都和阿丽安娜去海边。她受不了那些海滨浴场，那么多人待在太阳伞下面，随身带着的收音机吵个没完。就这样，我们只能沿着海岸向北走，想找到一片干净的海域和一处清静的海滩。最后我们总能找到这样的地方，但通常，为了到达那里，要翻越一些暂时没人居住的别墅的围墙。我们会待在阳光充沛的水泥露台上，或是礁石间的私人船坞里。我们把浴巾铺开，开始读书，等着下海游泳的时刻。"说真的。"阿丽安娜说，"别墅真让人有一种安全感。你觉得，我会不会早晚也买一栋？我太需要一栋别墅了。"她躺在太阳底下，叹息着。刚开始，她带着那些建筑学的书，但通常她都在玩单人纸牌，或者懒洋洋、一动不动地躺在那里。自从那次我大声朗读起了《在斯万家那边》，建筑学的书也都从她带来海边的包里消失了，取而代之的是一个枕头。每次我念书时，她都舒舒服服地枕着枕头听。在太阳底下读书很舒服，快到中午时，我身上只穿着裤子，开车到附近的村子里买三明治和啤酒。等我买完午餐回来，她正透过窗子，看着那些别墅的内部，或者已经在海里游泳了。因为天气过于炎热，她战胜了独自游泳的恐惧。她害怕看到自己的影子在海底跟随着她，所以她只会仰泳。下午三点，我们会离开。有些别墅特别舒适，在离开之前，我们会留下一张表达感谢的纸条。

一到了城里，我就去报社工作，在那里待到晚饭时间。然后我去圣三一教堂等她，我混迹在出租车司机中间，他们在车盖上玩纸牌。那里有很多游客，还有卖花的人。通常她都会迟到，为了消磨时间，我会读随身带着的书，读到每页结束的地方，都会抬起目光看她有没有来。实际上，有时候我会看见她走过来时的样子：她懒洋洋地走在人群之中，眉头轻皱着，因为四周全是汽车尾气难闻的味道。她双臂交叉，抱着从来没有打开过的建筑学的书。她用目光在人群中寻找我，看到我之后，脚步会慢下来，脸上会不经意地流露出一个满意的微笑，但她试图掩饰这一点。她会在一面橱窗前停下来，绕着一个路灯转两圈，或者是停在那里，看着某个穿怪异服装的游客。最后她会跑到我面前来，漫不经心地亲吻我一下。"好吧。"她说，"不要觉得我会爱上你，知道吗？"

有时，我们会一起回到埃娃的商店里，这就意味着，我们要和其他人一起度过晚上的时光。但这种情况不常出现，因为很明显，我和埃娃的关系简直糟糕透顶。那天，我带着格拉齐亚诺现身，一次性终结了我们之间的关系。埃娃可以容忍所有人、所有事，但她无法容忍酗酒的人，尤其当她知道了我也曾一度沉迷于此。我们所有人在一起时，我会尽量避免和她说话，大部分时间都在和伦佐夫妇，或者那个留着白胡子的作家聊天。有时，我还会和那个高级时装模特聊天，但只是为了看阿丽安娜会不会忌妒。如果她生气了，我会及时停下来，而她接下来的一个小时都不会理我。但大部分时间，我们都能单独待在一起，在散步之前，我们会在一家露天小餐馆里一起吃饭。此时的罗马晚风清凉，却也非常热闹，人们呼朋唤友，在喷泉旁边或酒吧里约会、见面。通常来说，我们四处散步，就是为了看一些巴洛克风格的教堂。阿丽安娜想写一篇论文，论证建筑师波洛米尼①要比贝尔尼尼②高明。于是我们走来走去，总会走到圣菲利普小教堂的正面。这一面被聚光灯照耀得十分明亮，苍白而优雅，就像一位整天都在喝茶的贵妇。尽管我不知道巴洛克风格的建筑和威尼斯越来越高的水位之间有什么关系，但我会跟着她一起走。我会在教堂的拱门下吻她，她的嘴唇和她的胸脯一样清凉。逛完之后，

① 弗朗切斯科·波洛米尼（Francesco Borromini, 1599—1667），意大利巴洛克时期建筑大师。下文中提到的圣菲利普小教堂就是他的作品。
② 乔瓦尼·洛伦佐·贝尔尼尼（Giovanni Lorenzo Bernini, 1598—1680），意大利巴洛克时期伟大的雕塑家、建筑师、画家。他与波洛米尼是当时罗马建筑与雕塑界的死对头，但二人在艺术创作中彼此竞争的同时也为这座城市留下了许多伟大的历史遗产。

我们会回到我家里，一直睡到第二天黎明。埃娃醒来的时候，就会看到阿丽安娜在她自己的床上，准备第二天去海边的东西。直到有一天早上，我们接连发现有四栋别墅里都住着它们合法的主人。我们明白，去海边的日子结束了。

六月初的一个夜晚，伦佐告诉我，过两天我就可以开始工作了。第二天早上，我把所有的衣服都翻出来，但发现没有任何一件适合上班时穿，就决定用剩下的钱买件新衣服。不知道为什么，在投降的时刻，那些战败者总是要比取胜者优雅。可能是为了获得更好的投降条件，又或者说，当一个人什么都没有时，他会发现，表面的东西总是占据着一定分量。就这样，我去市中心的商店转了一圈，找了一套像格拉齐亚诺穿的那种白色西装。我不知道我买的是不是他穿的那种亚麻布西装，甚至不知道它是不是用亚麻布做的，但无论如何，衣服看起来很体面。我立刻穿上那套衣服，去了桑德罗先生的酒吧。我在那里打电话给阿丽安娜。"我有好消息要告诉你。"我说，并告诉她我在哪儿等她。

"现在就告诉我是什么事。"她说，"我觉得，我肯定没法撑到见到你的时候。"

"尽量忍一忍吧。"我说，"这是一个很值得期待的消息。"她急匆匆赶来，迟到了将近二十分钟。她走过太阳暴晒的人行横道，高跟鞋的鞋跟刺穿了我的心。她穿着一件蓝白条纹的裙子，看起来前所未有地清新。"这件衣服可真棒！"她看着我说，"所以到底发生了什么事？"

"你要喝点什么？"我只是问她。她想要一杯冰沙，她特别喜欢喝冰沙。我就要了两杯桑德罗先生酒吧的特制冰沙：冰沙加上朗姆酒和热带水果的果汁，根据糖分不同，放在不同的容器里，一份装在椰子壳里，一份装在竹筒里。"一杯变态处女，还有一杯竹子。"桑德罗先生说。阿丽安娜嬉笑着："这个组合可真迷人。"我之前从来没有留意过冰沙的名字，注意到这个组合之后，我也开始傻笑了起来。这时桑德罗先生已经去准备冰沙了，他调制的动作特别像某种仪式。阿丽安娜特别喜欢有仪式感的东西，她坐在那里，全神贯注地看着桑德罗先生。那个上了年纪的酒保发现有人在看他表演，动作变得更加轻盈优雅。最后，他像变戏法一样，把两杯冰沙放在了我们面前，等着我们的评价。阿丽安娜低头咬住吸管，吸了两三下。她抬起头来，眼睛半闭着，微笑起来。桑德罗先生也对着她微笑了一下，轻轻点了点头。他们心领神会。"他是一个很专业的酒保！"我们两个人带着醉意走在清凉的街上，她大声说，"我简直太喜欢他了！"

"当然了。"我说，"你不是喜欢所有老头吗？"

"现在你别啰唆，快告诉我是什么消息。"但我还想卖一会儿关子，我们向圣西尔维斯特广场走去。她很焦急，甚至迫不及待地想闯红灯。我们进了一家廉价书屋，在书架之间走动，各自寻找自己想看的东西，但我时不时抬起头，在五颜六色的书籍中看她。她的侧脸看起来那样焦急，几缕头发垂落下来。这是整个故事中对我而言最重要，也最美好的记忆。最后我们到了书店门口，就像在一个迷宫的尽头，我们的身体都有些摇晃。我送给她一本《在火山下》①，可能她永远都不会看那本书。"快说！"她筋疲力尽地说，"快告诉我，我们有什么事要庆祝？"

"我现在想清楚了。"我说，"我要端正生活态度，从明天起，我要在电视台工作了。"她一动不动地站在那里，盯着书上的那张照片。照片里，作家劳瑞在湖岸上，穿着破烂的白色裤子，留着看起来让人忧伤的胡子。"我不知道我

---

① *Under the volcano*，英国小说家、诗人马尔科姆·劳瑞（Malcolm Lowry，1909—1957）于1947年创作的一部小说，讲述了政治失意、婚姻失败的英国领事杰佛瑞·费明用酒精逃避现实、麻痹自我的故事。

会不会喜欢。"她最后说。"为什么？"我问。"我不知道。"她说，"你就是你。"她用这个不容置否的论断结束了那天的谈话。整个下午，我们都没再提起这件事。为了消磨时光，我们在弗拉蒂纳街上的商店橱窗前闲逛，但她一直都心不在焉，特别焦虑。我们到常去的那家露天餐馆吃饭，她也没有胃口。"你为什么要这么做？"她忽然问。

"因为我再也不想吃剩饭了。"

"这话是什么意思？"

"只有我自己知道。"我说。她没说话，只是把玩着杯子的底部。杯子底部是湿的，她像用印章一样，把圆圆的印子拓在铺于桌面的白纸上。"你确定你不是为了我才这么做？我不希望你是为了我才这么做。"

"我这样做，是为了我自己。"我说，"仅仅为了我自己。"

"哦，那就好。"她说。我们默默待了一会儿，没有说话，但我产生了一种想要大喊的欲望。我故意用很大的声音叫服务员来结账。她不再玩那个杯子，而是抓住了我的一只手，紧紧握着。"我们去你那儿吧。"她说。她很害怕，讨厌所有改变，我们的五月过得那么美好。突然，我产生了一种希望，希望在今天之后，一切都会向好的方向发展，但事实并非如此。我们躺在床上，不停地相互抚摸，相互恳求，倾听着彼此的心跳，说那些从来没说出口的话，但都无济于事。"你别以为我会爱上你，知道了吗？"一直到黎明，我们俩还是紧紧地拥抱在一起，像两只被打捞上岸的海洋生物一样毫无生气。

"老天，这件衣服可真棒！"在电视台前，伦佐从他的奔驰上下来时感叹了一句。这个开头可真够倒霉的。清晨的阳光下，我的衣服映在电视台大楼的玻璃上，就好像要把那些玻璃打碎一样。在我的周围，全是那些穿着蓝色西装、嘴里叼着烟斗的员工。让我松了一口气的是，整个楼道里凉爽得几乎令人发冷，我出的冷汗让背上一片冰凉。这时候，我跟着伦佐走在一条两面全是门的走廊里。我们在一处门上写着"人力资源部"的地方停了下来，没有敲门就进去了。

"早上好，迪亚科诺先生。"有个工作人员迎上来说，"早上好，加扎拉先生。"很明显，她在等我。那是个工作效率很高的姑娘，我们一进去，她就把一张表格放在了打字机上面。"姓名？"虽然她刚刚才叫过我的名字，她还是这么问道。她问到我父亲的名字，我想起我父亲；然后她问到我母亲的名字，我也想起我母亲。她想知道我是在哪儿出生的，我想起那座让人忧伤的城市。最后她还问到了我的生日，我想起三个月前，我们在黎明时手里端着牛奶咖啡，在公交车始发站的那家咖啡馆里庆祝了我的生日。伦佐拍了拍我的肩膀，说："我们去你的办公室看看。"他走在前面，上了一部电梯。我们要进入一间办公室，那里一个月赚的可能比我一辈子见过的钱还要多。

那间办公室又窄又长，里面放了两张桌子。一张桌子前已经坐了一个四十多岁的女人，看起来气质很好。我们进去时，她站起来向我们问好。我和她握了握手，她告诉了我她的名字，我想，过段时间我一定能记住这个名字。除此之外，我并不需要在那间办公室里待很久，迟早我都要和伦佐一起工作。我的朋友站在那儿，说了很多赞美我的话，那女人面带尊敬地听着，时不时用欢喜的目光看我一眼，我也报以谦逊的微笑。我想，最后我们可能要相互鞠躬。后来伦佐拍了拍我的肩膀，示意我他要再上三层楼，回到他的办公室。事情差不多就是这样收场的。我和女同事单独在一起，她问我："您大学毕业了吗？"

"是的。"我说，"我的专业是耐心。"

"那您在这儿将大有可为。"她笑着说，"除此之外，您知道，这里面有很多白痴。只要不是个笨蛋，就会看起来像个天才。"这应该是他们的口头禅，我什么都没说。她解释了一下我们需要做的工作：写一些简报，介绍正在制作的电视节目，刊登在全国发行的报纸上面。我一边听她说话，一边想着外面的世界。她问我："您怎么了？""这里面很冷。"我轻轻揉了自己的手臂，清晰而直接地说。"是啊。"她说，"这儿的空调温度开得很低，刚来的时候总会有这样的感觉。不过也没办法，这是中央空调。"

"我为它感到高兴。"[1] 我说。她早上的幽默感可能已经耗尽了，我的俏皮话并没有让她流露出一丝微笑。她递给我一叠简报，让我学学那些文章怎么写。我看过比那更好的简报，但我还是坐在那里仔细翻阅着，直到困意席卷而来。昨天晚上，我和阿丽安娜在一起，没怎么睡觉，再加上这里的空调温度实在太低了，让我感到一阵阵寒意，甚至开始打哆嗦。我想，不知道可不可以在咖啡馆要一个百龄坛的空酒瓶，但去哪儿装热水呢？咖啡馆里有没有一些

---

[1] "这是中央空调"的原文为 l'impianto è generale，也可直译为"空调线路是整体铺设的"。其中，generale 一词在意大利语中既有"整体、全局"之意，又有"上级、长官"之意，故这句话也可以理解为"空调线路是电视台台长"，因此主人公回答"我为它感到高兴"。

热的东西？我要用这个热水瓶时也应该悄悄地，在办公桌的后面把它放在肚子上。就像个可怜的老头，孤零零地生活在这个世界上，因为他的朋友都死了。"您知道您可以做点什么吗？"办公室的同事发现我看着玻璃墙外阳光照射的街道，对我说，"您可以去劳伦齐的办公室里看看，问问他最近从美国引进的新电视剧的消息。"

"我觉得这是个好主意。"我带着恰如其分的热情说，"我在哪儿可以找到他？"

"他在212号房间。虽然时间有限，但还请您等一下。"

"我有充足的时间。"

"我说的是劳伦齐先生。"她说。我站了起来，有点脸红。如果他没有时间的话，我会在咖啡馆待着，才不会有任何问题。我从办公室出来，就迷失在错综复杂的走廊上。那些办公室一间挨着一间，我可以看到，秘书们在工作，领导们把脚跷在桌子上一边抽烟斗，一边看着打开的电视。还有很多人在走廊里走动，他们挽着胳膊，留下一道道甜腻的烟味。有时候，我推开门，发现那是一扇窗户；有时候推开一扇窗户，后面却是储物间；有时候按电梯的按键，却发现电梯已经坏了。后来我放弃了，站在一面玻璃墙前，看着电视台内部的花园。面前，红色的透明玻璃墙面就像棋盘般被平均分成一格又一格，每一格都是一间办公室。有的桌子上放着台灯，那就意味着，那是负责某件事的某个人的办公室，楼层越高，台灯就越多，因为从高处更容易掌控局面。困顿之际，我拦住了一个女职员，问劳伦齐先生的办公室在哪儿。她就是在走廊里走来走去的那些姑娘之一，好像只有她们对这里熟门熟路。她看着我，就好像我是个傻子，把一个门房指给我看。门房很不情愿地放下了手中的《体育邮报》——那份报纸让我想到了之前在报社的好时光，他把我领到了我要去的地方。

"什么事？"当我走进办公室，劳伦齐先生问道。他的年龄可能和我不相上下，但在他的目光里并没有任何对同龄人的客气。我告诉他我的来意，他看着我的白色西装，就好像我穿了件背心一样不得体。"我没时间。"他说。他看起来一副称心如意的样子。他一定已经见到了自己的守护天使，已经得到了一个让人满意的答复。我告诉他，我会等他。"别在这儿等我。"他说。我问是否可以在咖啡馆等他。我随意的回答并没有让他讶异，他看了看手表。"好的，那就在咖啡馆吧。"他说，"我们四十五分钟后见。"

现在，我要找到咖啡馆。我凭借自己的直觉，坐上从劳伦齐办公室出来之后看到的第一趟电梯，按了最上方的按键。门打开时，我马上听到了杯子和玻璃瓶子叮叮当当的声音。我循声而去，来到一个宽阔的大厅里，四周都是玻璃墙壁，可以看到四面的城市。我要了杯"二重奏"，坐在一个靠着玻璃墙的凳子上。一个小时十五分钟后，劳伦齐还没出现，时间一点点过去，很明显，他不会再出现了。我说过，我会等着他，我已经等过了。

这时，我看着吧台周围的人群。基本上都是些抽着烟斗的领导。烟斗的确能给人一种权威感。他们一边聊天，一边用烟斗轻轻叩着烟灰缸，吸烟斗时用手扶着烟锅，有时还会拿一把小刀执着地在烟锅里搅。他们的手简直闲不下来，拿起装烟丝的袋子，再把烟丝摁到烟锅里。他们的烟斗散发出好闻的味道，我看着他们的蓝色西装、锃亮的皮鞋、图案时髦而怪异的领带，还有烟斗。我转过脸去，看着这座城市。太阳照射在马里奥山上。我的家就在那里，阳台对着山谷。外面应该很热，被几厘米厚的绿色玻璃墙隔开。我觉得，我有充分的理由再来一杯鸡尾酒。朝吧台走去的时候，我看到了我和伦佐在桑德罗的酒吧里遇到的那个导演。他身上还穿着那件军用雨衣，看得出来，他和当时一样醉醺醺的。我想都没想他还认不认得我，就走了过去。他眯着眼睛看着我，很努力地回想。最后他说："你总是只说你自己的生活吗？"他记得我那天说的话，那些酗酒的人对于一些无关紧要的事总是记得很牢固。"不。"我说，"今天不是这样。"

"是啊。"他看了看四周，"每天都变得更艰难。你喝什么？"他看到了我面前的两个杯子。"天啊，"他说，"你真是在行。"早上十一点，他喝纯的潘诺茴香酒。在人群中，我们举着杯子，小心翼翼地避过其他人，走到了玻璃墙面前。他不断向别人打招呼，不断有人在他肩头拍一下。人们都叫他的名字——科拉多，而不是姓氏。"你在这个地方做什么？"他坐上一个高脚凳，问我。他用手摸了摸那面玻璃墙，好像在试探它的强度。我说，我也在这栋楼里工作。"有一次，我一拳砸上了这面玻璃。"他心事重重地说，"弄断了两根指骨。你在这儿做什么工作？"我告诉他我的职务。"不是开玩笑，那可是两根指骨。你为什么不跟我去摄影棚看看？你回来时，一定会带上很多可以爆的料，一定会很风光。你会得到奖赏的，一定会的。"

"好吧。"一想到能从这个地方出去，我就感到振奋。我们从高脚椅上溜下来，朝着电梯走去。他一只手搭在我的肩膀上，另一只空着，用来和人打招呼。在电梯里，没有他认识的人，他就用那只手扶着墙。我们到一楼时，他忽然颤抖了一下，电梯着地时产生的反作用力让他睁开了眼睛。前厅空荡荡的，门房的几个人在那儿一边闲聊，一边检查进来的人有没有出入证。我很担心他们会拦住我，但我的担心是多余的。我们推开玻璃门，身处室外，一阵阵热潮侵袭着我。

摄影棚距离电视台有两公里，我把我的破阿尔法开了过来。科拉多看着车来车往的道路，眼睛眯了起来，他的手肘伸出了窗外，风吹过他的身体，车里弥漫着一股酒气。只是坐在他旁边，我简直都要生出醉意。"好吧。"他忽然说，"第一天上班，也没那么糟糕。你慢慢会习惯的。"真是让人惊讶，他猜到了我的想法。我说，大不了我去买只烟斗。"是啊。"他说，"烟斗好像很管用，就是放到酒杯里好像永远都化不开。"

很少有人像他这样把自己喝得这么惨。在摄影棚的栅栏门那里，门房向他打招呼，就好像两人是哥们儿，摄影棚里面的情况也差不多。他遇到的所有人都会请他喝点什么，都会像好朋友一样向他打招呼。但是他一转身，他们的脸上就会浮现一丝微笑。虽然他是电视界有史以来最伟大的导演，唯一一个进入台长办公室不用敲门的人，但所有人都知道，他已经完蛋了。所以，即使是小猫小狗，也会向他打招呼。下午一点，他彻底喝醉了。走廊里全是各种奇装异服的人，他们正在拍摄两部历史剧。我们打开洗手间的门，看到一个穿着拿破仑时代士兵服装的演员。"很棒。"科拉多推开门说，"你做这一切，是为了你的皇帝吗？"那个演员没有明白他的话，傻乎乎地露出一个微笑。"你好，导演。"他说。

"你知道拿破仑士兵的故事吗？"他有些含混不清地说。这时，他在我旁边的隔间里，似乎手忙脚乱，不知道在搞什么。"知道。"我说。那是奥斯特利茨之战①，有个弓箭手，他比所有人跑得都快，在烟火和炮弹之间勇往直前。他失去了胳膊，失去了腿，但依然向前挺进，毫不屈服。最后他嘴里咬着旗帜，向前爬行。晚上，在医院里，拿破仑给他颁发了一枚勋章，问他做的这一切是不是为了他的皇帝。"不是。"那个士兵说。"那是为了你的旗帜？""也不是。""是不是为了你的祖国？""也不是。""那你为什么要这么做？""因为我打了一个赌。"那士兵回答。"很棒的

---

① 拿破仑战争中一场非常重要的战斗。1805 年 12 月 2 日，在波西米亚的奥斯特利茨（现位于捷克境内），拿破仑率领七万五千名法国士兵以少胜多，战胜了俄罗斯－奥地利联军。这一决定性胜利使得第三次反法同盟随之瓦解，并直接导致奥地利皇帝于次年被迫取消"神圣罗马帝国皇帝"的封号。

故事。"科拉多说，"很有教育意义。"然后他沉默下来。过了一会儿，我听见一声沉闷的撞击，隔壁传来他的呻吟。我从隔间里出来，来到他的隔间。他靠着墙站着，胸前的一只手肿着，正在流血——他一拳打在了瓷砖上。他满眼泪水，惊异地看着我。我想靠近他，帮他一把。但这时候，我发现他马上要吐了，还好我及时让他弯下腰，对着马桶。"哦，我的天！"他痛苦地说，"哦，天啊。"我发现，痛苦地呻吟着的人并不是他，而是我。他转过身，几乎是倒在我身上。他抱住了我，只是想找一个可以倚靠的地方，他不想靠在马桶上。"你坐下。"我说，"我现在去叫人过来。"但他摇了摇头。"你想叫谁？没人可以叫。"他哭了起来，"我们不再拥有世界！不再拥有世界！"忽然间，一大团可怕的呕吐物落在了瓷砖上。哦，天啊！一个人怎么能沦落到这个地步？我出于本能向后退，最后退到了门边。"我要走了。"我说。在走廊里，我隐约看见了那个拿破仑的士兵，他看起来很忧虑。"你去叫人过来。"我走到门口之前对他说。我在人行横道上站了一会儿，让太阳温暖我的身体。最后我坐上老阿尔法，向纳沃纳广场开去。

太阳特别耀眼。午休时间，我在多米兹阿诺咖啡馆

126

里点了一份奶酪三明治，希望能见到格拉齐亚诺。我时不时抬起眼睛，看看教堂上面的钟。三明治还算好吃，但一想到等下要回到那栋楼里上班，我马上没了胃口。我连着抽了两支烟，看着时钟的指针。下午两点半，指针转得飞快；两点四十五，我最后一次尝试站起来，随后我闭上眼睛，数到了一百。当我重新睁开眼睛，去上班已经来不及了。我知道自己不会去那栋玻璃大楼，我选择去《体育邮报》报社。我想，办公室那个四十多岁的优雅女人一定在想我到底去了哪儿，我觉得这很有意思。这时我要了一瓶啤酒，开始吃那个三明治，思考着用什么办法才能挽回颜面。

"天啊，这身衣服真好看！"我走进《体育邮报》报社时，罗萨里奥说，"你看起来真像个大人物。"

"是的。"我说，"像吉姆老爷①。"我问他，之前说过的话还算不算数，也就是说，让我在那里长期工作。他说应该没什么问题，但要等主任来了再说。他很高兴，很乐意我们能一起工作，因为办公室里全是姑娘，让他觉得自己像鸡圈里的公鸡。另外，我们可以轮番值夜班。主任来

---

① 英国作家康拉德的小说《吉姆老爷》的主人公。

了之后，他也很高兴我做出了这样一个决定。那是个长着蓝眼睛的强壮男人，他把两只手放在沙发扶手上，仿佛随时会像一只猛犬一样扑向你。我马上就投入了工作，疯狂打字，一篇接一篇地誊写文章，一直到工作结束的时候。等我干完活儿，几个姑娘想开一瓶香槟酒庆祝一下。"我们终于俘获你了。"她们说，她们也很高兴我能留下来。

最糟糕的时刻到来了。我走在街道上，面对一个空荡荡的夜晚。我不能回家，因为伦佐肯定会找我，而我必须找一个站得住脚的借口。我在人民广场的所有酒吧里转了一圈，我想找到格拉齐亚诺，但他好像人间蒸发了。这时我想到了克劳迪娅，自从我收到她留在门上的纸条，就再也没有她的消息。我很想见见她，但不知道我是否应该去找她，担心会打扰她的生活。我们之间的故事已经过去了很久，我想她的人生已经走向了另一个方向，而我并不在她的人生计划里，这也很正常。最后我买了一束鲜花，去她家楼下等她。

我站在台伯河区几个小巷中间的小广场上等她。她在晚饭时间回来了，拎着装满食物的塑料袋走了过来。她穿了一条长裤和一件蓝色的短袖上衣，脚上穿着凉鞋。她夏天的时候总喜欢穿凉鞋，这让她的步伐更摇曳多姿，而笔挺的肩膀也让她浑圆的胸脯更突出。她经过时并没有看到我。我也没叫她，跟着她来到了楼梯口，抓住了她手上的袋子。"加扎拉！"她大叫了一声，"你还买了花！"她拥抱了我，双手环抱在我的脖子上，我们就在门房的眼皮子底下这样抱着。她向后退了一步，用审视的目光看着我的面孔，好像看到了什么，但什么都没有说。她重新拿过那个购物袋，还有花束，继续上台阶。从她上楼的动作可以看出，她真的很高兴见到我。

她去隔壁家接女儿比昂黛拉①时，我才来到她的公寓里。一股香气扑面而来，那是厨房和我熟悉的香水的味道。我来到窗前，外面是夏季漫长的夜晚，空气很柔和，夜色逐渐笼罩在广场上面。那里摆放着小饭馆的桌子，服务员在等候第一批客人的到来。"你这身衣服很阔气，从哪儿偷的？"她进来的时候说。要是还有人再说一句关于这身衣服的话，我就把它剪碎。克劳迪娅把孩子递给我，我接过来，坐在了沙发上。这几个月她长大了不少，孩子总是不知不觉地慢慢长大。孩子有些困惑，不确定自己是否认识我，但最后她决定接受我，让我陪她一起玩，这时克劳迪

---

① 原文为 Biondella，意为"金发女孩"。

娅在做饭。过了一会儿，克劳迪娅过来，把孩子放在了儿童围栏里。她的动作是那么娴熟自如，把孩子放下来的时候，母女俩金色的头发靠在一起。我想起了那个让她未婚先孕的男人：他骑摩托车时出了事故，真是太倒霉了。"学校里怎么样？"

她还是那句老话："就像一只长尾巴猫，身处一家摇椅工厂。"

"一直跟其他老师较劲吗？"

"是啊。"她说这话时，我看着她的书架，想看看有没有什么新书。我看到了狄兰·托马斯[1] 写给弗农·沃特金斯[2] 的书信。"按照这些信里的说法，托马斯的一切成就，都仰仗沃特金斯。"克劳迪娅说，"比其他人先死，真是一个罪过。饭好了，你把桌子上的那叠作业本拿开吧。"她说。我把桌子上的作文本拿开了，以前我们一起修改她学生的作文，也度过了不少美好的时光。

"你这儿有什么酒？"我说。

"还不错的散装酒。"

---

[1] Dylan Thomas（1914—1953），英国作家、诗人。代表作有《死亡与出场》《不要温和地走进那个良夜》等。

[2] Vernon Watkins（1906—1967），威尔士诗人、翻译家、画家，英国诗人狄兰·托马斯的挚友。

"这可不行。"我说着，已经走出了房门。我下了楼梯，在一家餐馆里要了一瓶已经冰好的苏瓦韦白葡萄酒。"这是海明威在威尼斯时最喜欢喝的酒，你知道吗？"我们坐在桌前，克劳迪娅说。不知道为什么，她说的这句话让我很感动。"发生了什么事？"她问道。"你的脸色……不，"她把一只手放在了我的手上，又继续说，"别告诉我。"

孩子睡着了，我们默默吃饭，我听着从窗外传来的声音。这时电话响了，克劳迪娅好像吓了一跳，她抬起头来。电话响了几声，她看着我，然后去接电话了。"喂。"她拿起话筒，马上说道。她背对着我，刚开始，她只简洁地回答"是"和"不是"。"是，"她忽然说，"但今天晚上不行，我很抱歉。"电话的另一头还在坚持，但她笑了一下。"我很抱歉。"她又说，"今晚实在不行，明天可以。我很抱歉。"我有些坐不住了，我很想向她示意，表示我要走了。虽然那样也不诚实，但我没法让自己诚实。她回到桌子前坐下，脸很红。"哎。"她说，"真难缠……"我特别想说些俏皮话，但什么也没想起来。我什么也没说。"你今晚会留下吗？"她把手放在我的胳膊上，说道。

"假如可以的话。"

她点了点头，但有那么一刹那，她看起来心事重重。

最后，她把两个胳膊交叉起来，一下子就脱掉了那件紧身上衣，露出丰满、柔软的胸脯。我的心跳开始加速，它好像有几个月都没这么跳了。她一言不发，从桌子前站了起来，把裤子和红色内裤一起脱掉，然后用舞蹈一样轻盈的脚步——这是我最喜欢她的地方——走到比昂黛拉的小床前，轻抚了她一下。她按了一下沙发的摇杆，那张沙发就变成了一张已经铺好的床。

我感觉到她的手臂环抱着我的脖子，手指深入我的头发里。我把额头靠在她的胸脯上，我们就这样待了一会儿，一动不动，一直到她的手指像出于好奇一样，开始探索我的身体，像是在重新识别我的样子。她小声叫喊了一声，像是有些愤怒，开始移动她的胯部。她缓慢的动作如同一种召唤，像沙滩上的海浪一样古老。我感觉，我麻木的腹部又涌起了遗忘已久的热度。"哦，雷奥。"她小声说，"我最亲爱的，亲爱的雷奥！"她停了一下，我抓住了她，她的身体又开始起伏。她抚摸着我，一直呼唤着我："来吧，雷奥，来吧，我亲爱的……"直到最后，她突然浑身战栗，身体弓了起来，手指深深嵌入我的后背。

我忽然间就昏睡过去，夜里醒了几次。有一次醒来时，我看到克劳迪娅在默默地抽烟，她抚摸着我的头发。这时，从窗外传来了广场上小餐馆的声音，餐盘和餐具叮当作响，还有一声走调的小号音。我在那儿静静地听了一会儿，又睡了过去。我一直睡到了第二天中午。我在空荡荡的家里醒来，看到了煮好的咖啡，还有一张纸条："你想待多久都可以。"我躺在温热的浴缸里，想我是不是应该留下来。最后我明白了，现在我已经别无选择，只能离开那里，再也不回去。就这样，就像之前一样，我最后一次从她的浴缸里站起来，擦干身体，喝了咖啡。我仔细关上身后的门，决然离开了。

七

我坐在伦佐家的露台上，身后，成百上千只燕子在红色的晚霞中飞翔。伦佐表现得十分善解人意。他说，他应该马上明白，那份工作并不适合我。他很尴尬，再说下去，可能就要向我道歉了。"好吧。"我说，"就当那是一场美梦，不用再想了。"维奥拉的笑声听起来有些勉强。"雷奥，我觉得你真的有点不可救药。"说完这句话，她又用赤脚蹬了一下沙发，让摇椅晃动起来。她舒舒服服地躺在摇椅上，喝着柚子汁。后来大家陷入了一阵沉默。我感觉，这件事让伦佐付出了很大代价，要比表面上看起来更严重。

"先生留下来吃晚饭吗？"那个男佣像杀手一样，悄无声息地出现在我们中间。他丝毫不掩饰对我的喜爱，在吃饭时总是要给我多加一次菜。"不了。"我说，"我有事要做。"其实我说的不是真的，但在场面尴尬的时候，体面地离开也可以挽回一些面子。伦佐没有挽留我，维奥拉也没有，我站起来拿我的外套。伦佐只是问我什么时候再去找他下棋。维奥拉陪着我来到了门口。"你要打电话给阿丽安娜。"在我离开之前，她说。

"发生了什么事吗？"

"没什么。"她说，"但你知道，她总是很夸张。"我去了桑德罗先生的酒吧，想鼓起勇气打电话给她。其实一整天我都试着给她打电话，但手总是停在最后一个数字上。今晚，我喝了一杯很烈的鸡尾酒，但还是做不到。我在酒吧里吃了一个汉堡，然后去了电影院。回到家里，我开始读书。凌晨两点，尽管收音机发出窸窸窣窣的声音，我还是听到了她的脚步在台阶上响起。我马上起身过去开门，不想让她按门铃的声音把整栋楼的人都吵醒。她一定是把整瓶香水都喷到了自己身上，我一开门就发现她有些生气。"我很生气。"她一进来就说，然后看着我，"我还以为，他们还让你值夜班呢。我在下面一直等到下午五点。"

我想让她别折腾了，她很清楚发生了什么事。"别折腾了。"我说，"你很清楚发生了什么事。"

"我？"她说，"我什么都不知道。"她经过玄关的镜子前，做了一个很厌烦的手势。无论在什么情况下，她都会照镜子，但她已经歇斯底里到连自己的样子都受不了了。她继续向前走，走到沙发跟前，一屁股坐在我打开的书上。"然后呢？"她说着，看了看四周，但像往常一样，她没能获得一丝慰藉。"态度端正的生活是什么感觉，说来听听？"她继续说。

所有人都记得我说过的话，这让我无法忍受。阿丽安娜继续盯着我看，我感觉自己就像那本书一样，被她压在大腿下。她好像看穿了我的心思，抬了一下腿，把书抽出来，扔在地上。这时我怒火中烧。"把书捡起来！"我说。

"不。"她说，"我不捡。"

"把书捡起来！"我又说了一遍。

她挑衅地看了我一眼，然后弯下腰把书捡了起来，但她刚把书拿在手里，就忍不住把它撕了，又扔在地上。她再抬头看我时，我知道她的心也碎了。"哦，对不起！"她说，眼里噙满了泪水，"我会再买一本给你的，你知道吗？我会再买一本给你！"我背过身去，盯着墙壁，试图控制我自己。"我那么担心你。"她说，"我还以为你出了什么事。"我的指甲紧紧抠住手心。"什么事也没发生。"我说，"我只不过做不到按部就班地工作，就是这样。"她正在捡起散落在地上的书页。"哦。"她说，"你就不能努力一下吗？"

"为了谁？"我说，"为了什么？你也说过了，我就是我。"

"这不是真的。"她哭着说，"你并不是一个无法适应现实的人。"

"这是谁说的？"

"谁也没有。"她赶紧说，"谁也没说这样的话。"

"我找到了一份记者的工作。"我说。我需要鼓起巨大的勇气，才能这样定义《体育邮报》的工作，但又感觉我需要重新赋予自己价值。她有些怀疑地看着我。"真的吗？"她说，"你是说，那家体育报纸聘用了你？"我说是的。她用手摸了摸额头。"哦，那好吧。"她说着，平静下来，又坐在了沙发上。"我可以待在这里吗？"她说，"我不知道该去哪儿。"

她应该又跟埃娃吵架了。"你跟埃娃吵架了吗？"我问。那就像揭开了一口热锅。"哦！我实在受不了她了，真是够了！她每天一副女王的样子，实在是让人受不了。你知道吗，她现在开始和一个男人卖弄风情，就是那个大鼻子的幽默作家，因为他写的喜剧取得了一点点成功。她简直势利得让人受不了！利维奥真是彻底完蛋了。你知道她是怎么做的吗？她当着利维奥的面，和那个男人搂搂抱抱。她还在外面说三道四，说别人的不是，她还有脸说！你在做什么？"我停下脱衣服的手，说："我要睡觉了，你请自便。"说实在的，我已经筋疲力尽了。"你做什么都可以。"我说，"你如果不知道去哪儿，那里有个沙发，你可以在那儿待着。但不要再和我说这件事，真让我恶心。也别再告诉我，你在替我担心。"

"我真的很替你担心。"

"好吧。"我说，"好吧，你想让我们做点什么？你想吃牛角酥，还是想去看海？好吧，我要睡觉了。我再也不想做你的避雷针了。"我说这些话时，她的眼睛里又噙满了泪水，但什么都没说。我上床了，面对着墙躺下，不想看到她。她可能也不想看到我，就把灯关了。房间里顿时洒满了月光。

多么美好的夜晚。阵阵微风从开着的窗户里吹进来，远处有蛐蛐的叫声。她一动不动地坐在沙发上，我也没叫她。整个晚上，我们大部分时间都这么待着，直到最后，我陷入半梦半醒之中，做了很多梦。黎明时分，我忽然醒过来，看向沙发那边。沙发是空的，整个房间里弥漫着丁香淡淡的香气。

　　早上，像大部分人一样起床，然后走出家门，这是一件美好的事，会让你觉得一切都充满秩序感。我开着破阿尔法下山时，会经过一段非常陡峭的山坡。一路上，两边的树木非常茂密，就像正穿过一片森林。最后，我把车停下来，接着步行到办公室。在明亮清爽的阳光下，这座城市展现出和空旷又狂热的夜晚截然不同的活力，路况也不像下午那么让人焦灼。一群放了学的孩子在古迹下面玩耍，售货员在商店门口大声交谈，等待着下午的客流。咖啡馆也有自己的苦衷，可能是因为牛奶总是从卡布奇诺的浅杯口里溢出来，而那些冷冰冰的牛角酥让我感到忧伤。我放弃了在家吃早餐的乐趣，选择在报社楼下的咖啡馆里吃早餐，因为罗萨里奥在那里等我。我们会玩一局桌上弹球，然后再开始工作。即使这份工作愚蠢至极，我也能够坚持下去，因为我们通常会在上班时间一个小时后再开始干活儿，有足够的时间读报纸，抽几支烟，和几个姑娘聊天。

　　就在那天下午，我正在抄写一个特派记者写的文章。那是关于一场足球比赛的报道，但让这位记者惊异的是，这场友好的比赛结束于一场争吵。这时候，我闻到了丁香的味道。我的眼睛死死盯着键盘，耳朵上戴着耳机，只有鼻子还连接着现实世界。但我的判断不可能出错，就是那款名为"喜悦之心"的法国香水。我忽然转过头去，阿丽安娜就在我背后。"我路过这附近，想过来看你一眼，难道你不高兴吗？昨天晚上，我们真是太愚蠢了。"她说，"你在写什么？"我站起来，想把罗萨里奥介绍给她，想跟她保持距离。在空荡荡的接待大厅里，只有我们三个人。"你们接着忙吧。"她坐在主任的位置上说，"这里没有空调吗？"

罗萨里奥特别振奋。他当然会激动，阿丽安娜穿着那条蓝白条纹的裙子，对他露出她那摄人心魄的微笑。出于种种原因，我也如坐针毡。我很担心她会发现，我在那里不过是一个倒霉的抄写员。我开始玩命打字，誊写那篇文章，时不时抬起头，看他们聊天。她用好奇的目光看着四周是软木隔音墙壁的小隔间，墙上写着一些不堪入目的话。她也看到了用来录制对话的碟片，它们很柔软，是褐色的；还有用来清理碟片的磁铁，带有脚踏板的打字机，以及耳机。这时电话响了，罗萨里奥过去接电话。她又站在我的背后，一句一句读着我用打字机写出来的无聊文字，她在我背后的存在感也随之变得越来越沉重。"这不是普鲁斯特的片段。"她说。

"这也不是我写的。"我说。我亲手毁掉了自己的面子。

"你在说什么？"我跟她解释，我只是在誊抄别人写的东西。"你从来都不写自己的东西吗？他们从来都不派你出去采访、写稿吗？你从来都不写一些随笔、社论什么的？"她对报纸的运作方式一无所知，即使我是这儿的总编，也很难让她相信这一点。我看到罗萨里奥走了过来，觉得他简直就是个救星，但实际上，他就像个铅质的救生圈。他马上就明白了我们在聊什么，主动向阿丽安娜说明了这个部门的职能。我又开始打字，但眼睛还是留意着她。她很顽强，想保持住嘴唇上的一丝微笑，但她每次看向我时，那个笑容总会落在地上。天啊！我终于写完了，我走了过去，加入了他们的交谈。"这是大学生做的工作。"这时，阿丽安娜说。罗萨里奥答道："是啊，星期天事情多的时候，有些大学生也会过来帮忙。"

"我们去酒吧要点喝的东西吧。"我对罗萨里奥说。但阿丽安娜说，她要走了，因为她还有事。她戴上了太阳镜，开始找她的包。手提包就放在那里，但她从旁边经过了几次都没有注意到。这时电话响了，我去接电话。我回来时，她已经走了。"真是个奇怪的姑娘。"罗萨里奥说，"不知道她遇到了什么事？"

"没什么。你为什么这么说？"

"她好像随时都会失声痛哭，你没看到吗？"

"你一定是搞错了。"我说，"别多想了。"但我一直在想这件事。从办公室出来，走在路上，我知道我已经失去她了。我想大醉一场，能多醉就多醉。我可以忍受一切，但无法忍受失去她，让她失望。我应该去找格拉齐亚诺，即使是找遍这座城市的所有酒吧，我也要找到他。我开始在人民广场上的酒吧里找他，但只遇到一些见过他的人。按照他们的描述，我知道格拉齐亚诺已经喝多了。有个人告诉我，他的外套口袋里放着两瓶酒，这是他从一家酒吧走向另一家酒吧的途中喝的；第二个看到他的人说，他把一条领巾绑在大腿上；第三个看到他的人说，他正在朝纳沃纳广场走去，但那人怀疑他走不到那里。

我了解格拉齐亚诺，没在意最后一个人说的话，开着破阿尔法来到纳沃纳广场上。我把车停在停车场，因为不知道什么时候才能回来取。我步行向前。夜晚很凉爽，气温特别适合趁胃还好的时候，不穿外套在外面喝东西。那应该是一次难忘的会面。但当我走在河岸上，我就知道，找到格拉齐亚诺不是一件容易的事。那里全是停靠着的旅游巴士，这就意味着广场上全是游客。我希望警察没有因为妨碍市容，把他打发到别的地方，比如越台伯河的圣母大殿；但也不太可能，那里距离他的妻子太近了。广场上全是人，在游客、画明信片的画家和乌泱乌泱的人群中间很难前行，总是会撞到别人。在多米兹阿诺餐吧，恩里科告诉我，他一个小时前看见格拉齐亚诺在找一张空桌子，但没有找到，于是要了一杯酒就离开了。他应该距离这里不远。我开始在那些卖玩具的小摊和画家的画架中穿行。这时，在路灯照亮的天空中，一只可怕的青虫形状的热气球扭动着升了起来。

我在广场中间的喷泉边上找到了他。他在朝向教堂的那一边，那里的人更少一些。那条领巾现在绑在他的额头上，他的脚泡在天蓝色的水里。他把威士忌和啤酒倒在杯子里，再加了些喷泉的水，然后喝了下去。很明显，他需要帮助。"雷奥，我的孩子。"他看着两个正在给喷泉照相的游客说，"感觉自己是一群动物中的一员，真是悲哀啊。"他把酒杯举起来，对着人群。

"最后的莫希干人在致敬吗？"我说。

"是的，最后，也最倒霉的莫希干人。我们什么时候写这部电影？"

"明天吧。"我说，"我们明天开始，这次我是认真的，现在我陪你回家。"

"回家？我不回家。"他抬起一根手指说。我说，如果他愿意的话，他可以来我家。他有些感动地看着我。"离开你，我可怎么办？"我想搀着他站起来，但他不愿意。"真没办法。"他说，"你坐下吧，我有话要对你说，孩子。现在是时候了，你应该知道这些事。你有没有见过春天的蝴蝶？我想说的是，对于一个孩子来说，一切都不一样。不，这不是我想对你说的。一段时间以来，我一直想着，我必须告诉你一些事情。什么事情来着？哦，我想起来了。我要向你告白，雷奥，你特别棒。你别否认，让我把话说完。你很棒，因为只有特别有毅力的人，才能够戒酒。你是怎么做到的？"

"试着祈祷吧。"我说。

"我不会祈祷。"他说，"我顶多会说：拜托①了。"

"好吧，现在我们走吧。"

"我说过，现在我不走。我刚才说过了，我要先向你告白，然后我们再去你家，去你想去的地方。你很棒，这

_____

① 意大利语中，"拜托"（prego）一词可作为"祈祷"（pregare）的名词形式，二者发音非常接近。

145

一点，我已经告诉你了。你简直像一只猫，默默待在一边，根本就不在乎这个肮脏、低俗、正在走向毁灭的世界。你不需要一个有钱的老婆。现在，不开玩笑了，说真的，我特别欣赏你。假如你是个基佬的话，我会爱上你的。难道我们不是很般配的一对吗？"在我给他穿鞋的时候，他说，"就是我身上的那个配件背叛了我，那个没用的东西，永久丧失功能的钟摆。难道我正在变成基佬吗？有时候，想一想，我很害怕自己变成基佬。你为什么不也变成基佬呢？为了你的朋友，你可以做一点牺牲，这又不费什么事。我们俩都变成基佬的话，那么至少我们会变成某种人。我们现在是什么呢？我什么都不是，连基佬都不是。"

"我们可以慢慢想。"我说，"明天再说吧。"我很后悔把车停得那么远。我意识到，我一个人没办法把他弄到停车的地方。我让他坐在广场尽头的人行道上，让他答应我不会离开那里。我跑去开车，用了很长时间才把车开过来，因为途中有很多旅游巴士正在回程，堵住了十字路口。当我终于回到格拉齐亚诺跟前时，我发现他睡着了，一动不动，还在我离开时的地方。我叫醒了他，这样就不用抱着他。我把他弄上车，然后开车回家。到家之后，通往电梯的路上有一段台阶，这是个难题。"没有你，我可怎么办？"他很感动地说，"我敢说，你比我妈还体贴。"最后，我终于把他弄上了那张双人床，就是我从来没用过的那张床。"天啊，"他说，"我累死了。"他一下子就睡着了，我还没来得及帮他脱掉外套。他口袋里还放着一瓶芝华士威士忌，我拿着那瓶酒，来到了面朝山谷的房间。我取了一个杯子，斟满酒，打开了收音机。我坐到沙发上，开始一个人喝酒。

第二天早上，我头脑发蒙，感觉头有我的房间那么大。从沙发上爬起来，走进厨房里煮杯咖啡，对于我来说都很艰难。我煮了很多咖啡，然后去叫醒格拉齐亚诺。"至少我们很开心，是不是？"他用两只手端着黑咖啡的杯子说。他在发抖，要了糖罐来，吃了几勺糖。"昨天晚上，我梦见了我们的电影。"他说，"什么时候开始写？"

"今天不行，明天再开始吧。"我说，"今天我脑袋里全是沙子。"

"你喝酒了吧？说实话，你喝了。孩子，这才是我们应该庆祝的事。你有没有剩一些给我？"他搓了搓手说。昨天瓶子里的确还剩了些酒，但我把剩下的酒都倒进洗手池了。我在煮咖啡时，看一眼那瓶子就想吐。"我们聊一聊那部电影吧。"我说。问题在桑迪身上，但他说，他会回去给

147

她做思想工作，只要让她相信，那个永久丧失功能的钟摆会重新运作。我们现在开始做规划，每天晚上都要去电影院，研究那些技术问题，比如说镜头、取景、机位，以及其他繁琐的事项，他说。我们当天晚上就要开始行动，但他的当务之急是要回到家里，稳住桑迪。电话在哪儿？他打通了家里的电话，但没说话，只是想通过桑迪说"喂"的声调来判断她有多生气。等他放下心来，他就去洗了澡，梳理了一下胡子，离开时还点了一根雪茄。

我一直待在家里，到该去《体育邮报》报社上班的时间才出去。一整天，每次电话响起来，我都一阵心惊。其中有一次，电话那边没人说话，但我无法确定那是不是阿丽安娜。到黄昏时，我开始受不了了——黄昏降临时总是让人难以忍受。我打电话到她家里，没有人接，就试着给埃娃店里打电话，埃娃说，她不在那里。她说，她真的不知道阿丽安娜在哪儿，她很遗憾。

两天之后的一个晚上，我在电影院的出口看见了她。我和格拉齐亚诺在一起，而她和利维奥·斯特雷萨在一起。利维奥比我之前见到他时更高、更瘦了，还是穿着牛仔裤和网球衫。有那么一刹那，我想追上他们，去打个招呼，但我没有行动。我不知道这是为什么，也许是阿丽安娜苍白的脸色和笔挺的身姿让我没那么做，也许是因为他们单独在一起，手拉着手。但我知道的是，我出于本能停在那里，看着他们走在人群中。阿丽安娜在上车之前，回头看了一眼我所在的方向，用那双不安的大眼睛扫视了一下人群。"我认识这个女人。"格拉齐亚诺在我身边说，"看起来是顿不错的剩饭。你觉得呢？我们现在回家洗个澡，再去找她，好不好？"第二天，我打电话给她。"是你啊。"她说。

"我要和你谈谈。"我说。

"我也想和你谈谈。"她说。

我像往常一样，去圣三一教堂那里等她。不过，这次她没停下来围着路灯转，也没有迟到，马上就向我走了过来。她戴着一副墨镜，站在我身边，看着通往西班牙广场的那些台阶。广场上坐满了人，他们坐在那里，等着晚风吹过来，大片的杜鹃花被太阳晒得蔫蔫的。阿丽安娜没说话，抱紧了怀里的那本书，但她焦虑地把手一会儿张开，一会儿又攥住。"在你开口对我说任何事之前，我想告诉你，我和别人上了床。"她说。

几天之后，当我在报社值晚班时，我和格拉齐亚诺开始写那部电影。格拉齐亚诺早上九点出现在我家，胡子刮得很干净。"新面孔，新生活。"他说，"你把所有酒瓶都藏起来了吗？"他许诺说，在晚上六点之前他不会喝酒，一直到写完剧本为止。"先生，"每次我把一瓶橙汁放在他面前，他都忍不住抱怨，"我喝不了那么多水，你就没剩一点更带劲儿的吗？"

"你的守护天使。"我说。

"好吧。"他坐在打字机前说，"我明白了。"就这样，我们开始写一个人在三十岁时遇到天使的故事。这场持久战差不多一直到了七月底。一个半月的时间里，我们每天工作到黄昏。天气非常热，从窗户吹进来的风都是热的，所以我们都赤身裸体。只有在中午吃饭的时候，我们会休息一下，吃几块三明治，在被太阳烤得炽热的房间里睡上一个小时。我们时不时会冲个澡，再回到打字机前。那个三十岁男人弑父的故事，写出来还不错。格拉齐亚诺有时会站起来，拍着手或搓着手叫好。"很好，很好！"他一边说，一边靠近那几瓶苏格兰威士忌，"我们喝上一小杯鸡尾酒，再回来写上一段带劲儿的？"但他这么说，只是为了让我说"不"，让我拒绝他。我心里很清楚，我从房间里出去时，他会借机喝上一口。最后到了黄昏的时候，我们来到阳台上看着山谷，格拉齐亚诺喝着他的"二重奏"。"你是怎么能够抵抗诱惑的？"他说。说到这儿，我的耐力已经到了极限。晚上我要去《体育邮报》报社上夜班，每天睡觉的时间加起来不会超过四个小时。有时我特别困乏，会在打字机上睡着，一直到电话响起来，把我吵醒。

但这种生活有个好处，就是可以不去想阿丽安娜。我不愿意去想她，可每当电话响起，我都会咬紧牙关不去接，因为我不知道是谁打来的。那天晚上在圣三一教堂，我什么话都没说就走开了，自此我就再也没有她的消息。两个星期之后，家里的门铃响了。我和格拉齐亚诺穿上裤子，我们想，这时候来的会是谁呢？结果是她。"怎么了？"她微笑着，还是一副自负的样子，"你在做什么，都不请我进去吗？"我站到一旁，让她进来。她犹豫了一下，耸了耸肩膀，进来的时候看了一眼镜子。"你们有两个人！"她欣喜地看着手里拿着酒瓶的格拉齐亚诺。

"我们要不要喝点什么？"他很自在地说。

我从他手上拿过酒瓶，即使他没有胡子，阿丽安娜也认出了他。"要我说，难道我们不是说好了要共进晚餐吗？"她说。当然了，她还是美得不可方物。

"现在我们就可以去。"格拉齐亚诺入迷地看着她，"你是从哪部电影里走出来的？"

她微笑了一下，一下子躺倒在床上。"真是辛苦的一天。"她说，"我今天起得特别晚，在游泳池待了三个小时，又在床上躺了两个多小时，简直累死了。"

格拉齐亚诺屏住呼吸看着她。"真是充实的一天啊。"他说。

"为什么这么说？"她说，"我生产了很多红血球，这还不够吗？"

格拉齐亚诺沉默了一会儿，说："我们什么时候结婚？"

"九月之后再说吧。"她笑着说，"在那之前，我要去度假。你们在做什么？"

"写一个电影剧本。"

"什么电影？"

"传统的前卫电影。"格拉齐亚诺说，"讲的是一个人到了三十岁生日的时候，回到家里把自己的父亲杀了。"

"不能让他杀死自己的姐姐吗？"她。她在卖弄风情，她总是喜欢这样，时不时向我抛来一个媚眼。我什么都没说，坐到了打字机前。到晚上七点，我一个字都无法说出口。离开之前，她问能不能再回来看我们。从那天开始，她几乎每天下午都来。她会在快到六点时摁门铃，总是一副百无聊赖的样子。每天她都会有新变化：不一样的衬衣、裤子、凉鞋，或者新奇的发型。她在房间里走来走去，照镜子，最后通常都会坐到床上去玩单人扑克。有时她会泡一壶茶，我们会在阳台上一起喝茶，那时天气还很热。她经常会厚颜无耻地和格拉齐亚诺调情，为他点燃雪茄，给他的"二重奏"里加冰块，强迫他讲一些有趣的故事。她会睁着大眼睛把故事听完，最后在七点离开，让那些镜子闲下来。"我的天啊！"格拉齐亚诺说，"你为什么不理她？"从窗口那里，我能看见她的车，还有后座上放着的网球拍，我知道，她离开这里，是去找利维奥·斯特雷萨。

一起工作的最后一天，写完剧本之后，我们怅然若失，决定用一顿晚饭填补内心的空白。我让报社找人替我上晚班，然后去了桑德罗先生的酒吧赴约，阿丽安娜和格拉齐亚诺在那里等我。"你感觉怎么样？"她问我。"我很累，但很幸福。"我说。她很高兴我回答了她的问题。格拉齐亚诺也一样，但他看起来并不开心。"你们看起来真是一副倒霉样。"她学着我们的话，"我不明白，你们怎么回事，剧本写得不好吗？"

"我求你了。"格拉齐亚诺说，"不要用那些不适合你的词语。来一杯鸡尾酒吗？"他说着，把杯子伸向了我。

"我要喝。"阿丽安娜说，"今天晚上，我想一醉方休。"

"为什么？"他说。

"因为雷奥已经不爱我了。"她说。

我们去取她的车。天气热得要死，城市里空荡荡的。但在台伯河岸，那些露天餐馆里挤满了人，还有弹吉他的歌手。我们选了那段时间特别火的一家餐馆，顾客坐在像教堂长椅一样的椅子上吃东西。我们等了很久才吃上晚饭。在等待的时候，我们喝了两瓶酒，开始来了精神。阿丽安娜也喝了很多酒，她越喝，眼睛就越发闪烁，比放在桌子上的蜡烛还要明亮，餐馆里的男人都在看她。"如果桑迪拒绝你们呢？"她说。

"我倒是要看看，她怎么拒绝我。"格拉齐亚诺说，"我会带她坐船去旅行，如果她不答应，那我就拒绝履行婚姻义务。你说怎么样，雷奥？"他还没有找到合适的时机和桑迪谈这件事情。

"当然了。"我说，"如果时机合适，没有任何女人能抗拒。在海上旅行时，有很多合适的时机。"

"合适的时机只在海上才有。"

"当然。"格拉齐亚诺说,"海上一个月圆之夜,我会向她提出来。我会说:'亲爱的,你想不想在我身上投资?'你接下来有什么打算?"

"哦。"阿丽安娜说,"我现在还不知道。可能和我的姐夫去他朋友那里,他们在海边有一栋别墅。"

"全世界的人都去度假了,只有雷奥会留在这里。"格拉齐亚诺哼唱着说,"真像只老猫,比魔鬼还精明。"吃完饭之后,我们决定去各个酒吧转一圈,阿丽安娜让我们坐她的车去。我们都坐在后座上,酒精让她加快了车速。"两个著名的电影人和他们美貌的助理在一场事故中身亡,真是一场悲剧。"格拉齐亚诺不再哼唱猫王的歌曲,他说,"我想到了一个主意:我们去那家舞厅,找我们的女朋友怎么样?雷奥,你觉得呢?"他忽然闭上嘴,紧紧抓住了座位,因为阿丽安娜全速驶进了逆行道。我们奇迹般地躲过了迎面开来的几辆车,最后,我们几乎开到了路的尽头,被一个红色柱子挡住了路。接着有两个宪兵[1]走了过来,他们的手放在帽檐上,但毫不客气。"驾照。"其中一个宪兵对阿丽安娜说。

---

[1] 意大利警察(poliziotto)属于内政部,主管民事;宪兵(carabiniere)为国家武装,与意大利海陆空军并列,隶属国防部。

"你们应该说'请出示驾照'。"她说道，然后开始在仪表盘下乱翻。她翻找了很久，比实际需要的时间要长，两个宪兵在默默等着。最后，她终于找到了驾照，把它递了过去。"你确定你把驾照给了那个认字的？"①格拉齐亚诺不急不慢地问。

最后我们被带到了宪兵所。实际上，这两个宪兵也知道这个关于他们的笑话。他们要格拉齐亚诺把他说的话再说一遍，他就把那个笑话绘声绘色地又讲了一遍，但那两个宪兵并没有笑，而是把他带走了。我们跟在后面去了宪兵所。在等红灯的时候，他从车窗里探出头来，向我们挥着手打招呼。"他们真是一点幽默感都没有。"他说，"雷奥，我要不要给他们讲那个关于老太太的和那个关于电工的笑话？"到了宪兵所，我也想跟他一起上去，但没有得到允许。"雷奥，你不用担心。"格拉齐亚诺一边说着，一边被其中一个宪兵抓住了胳膊，"如果他们打我，我会叫的。无论如何，家里的双胞胎女儿就托付给你了。"

我们在外面等着，阿丽安娜很焦虑。"他们会怎么处置他？"她说，"难道他就不能闭嘴吗？"我没有回答，只是

---

① 此处指意大利一个常用来嘲笑宪兵文化程度低的笑话："为什么宪兵巡逻时总是两人一组？因为他们一个只会认字，另一个只会写字。"

看着路上的街灯。我能闻到她的香水味，感觉到她的目光落在我的脸上。我尽量控制自己不去转过脸看她。她一直盯着我看，然后问："你爱我吗，雷奥？"她的声音很低，小心翼翼。"不爱。"我答道，继续看着街道的方向。那条街道并没有什么不同。"你在说谎，你其实很爱我。"她带着怒火说。

"不爱。"我依然这么说。我感觉，我人生余下的时光都只能说"不"。

"但我觉得，你爱我。"她说。

"斯特雷萨会怎么说呢？"我说。我清楚地听到她屏住了呼吸，然后是她夹杂着哭泣的声音。"谁告诉你的？"她绝望地说。正好在这时候，格拉齐亚诺从里面出来了。他面带微笑，一只手挥舞着，好像眼前有很多人在为他鼓掌。"我骗了他们。"他上车时说。

"你怎么做到的？"我说。

"我向他们道歉了。我们去哪儿庆祝一下我重获自由？"

"我要回家了。"阿丽安娜说。她一脸傲慢地目视前方。

"为什么？"格拉齐亚诺问，但没人回答。他接着说："好吧，事情总是这样。"他点燃了一根雪茄。车开到人民广场之前没人说话。阿丽安娜把我们放了下来，她一直目视前方。格拉齐亚诺犹豫了一下，又吸了两口雪茄，才从车上下来。他站在那里，看着那辆小型英国产汽车消失在广场尽头。"好吧。"他说，"那些最好的总是会离开。"

"我们去那儿坐一下吧。"我指着方尖碑说。广场上空荡荡的，可以听到喷泉的水声，我们背对着苹丘山坐着。

"雷奥，发生了什么事？"格拉齐亚诺说。

"我很累。"我说，"我实在太累了。"

"全世界都很累。"他说，"你还想怎么办？"他从口袋里取出了那瓶威士忌，喝了很大一口。他用厌烦的眼神看着那瓶酒。"这些玩意儿越来越不管用了。"他一边说，一边把瓶子放回口袋。"真是倒霉。"他的目光扫过空荡荡的广场，"我觉得，我也爱上阿丽安娜了。"

八

八月来了，这是黑暗的一个月。整座城市空荡荡的，在要命的阳光下，广场的石板地面上覆盖了一层炽热的灰尘。因为缺水，喷泉有些开裂，露出它们衰老的痕迹，那些石灰修补过的地方和长在缝隙里发黄的草。流浪猫藏在汽车的阴影处，只有在快到黄昏的时候，人们才会开始出门，围在卖西瓜的小摊前面，等着晚风吹来。报纸上说，这是十几年以来最炎热的夏天。

对我来说，这是我最痛恨的一个月。朋友都去度假了，小餐馆也都关门了，一个人可能会饿死，因为他找不到朋友借钱给他买吃的，让他能扛到九月。尽管那年我还有一份工作，空荡荡的城市不应该让我感到害怕，但我孤身一人，没有任何关于阿丽安娜的消息。格拉齐亚诺应该正乘坐游艇在海上旅行。伦佐夫妇应该搬去了他们在海边的房子，但有时我还是会打他们原先的电话，仅仅是为了想象电话铃在空荡荡的房子里回响的声音。我每天都睡到中午，然后去泳池，躺在泳池边上看书。那里有两个常客，他们会下象棋，有时我会挑战那个获胜者，但从来都没遇到什么有意思的人。下午四点，我会回到家里休息一下，吃一点水果，等着去《体育邮报》报社上班。有几次走在楼梯上，我听见了电话的响声，跑过去接，但都没接到。一天下午，我开门时，电话又响了起来。我拿起听筒，那是一个我不认识的声音。那人告诉我，格拉齐亚诺死了。

我到达医院时，在医院值班的警察站了起来，直到我坐下，他才坐下。他很客气，用很礼貌的语气和我说话。他说，格拉齐亚诺在昏迷了两天之后，于当天上午十一点去世了。在他住院抢救的同时，他们就在打电话找我了，因为他们在他身上找到了一张纸条，上面写着无论发生什么事情，一定要给我打电话。他们打了很多次，最后判断我不在城里。我接到的那通电话是那位警察的自作主张，因为他一想到一个人这样孤单地死去，就觉得很难过。我对他表示感谢，告诉他不必难过。我问事情是怎么发生的，警察说是在星期一下午，门房发现他躺在院子的一个角落里，就在客厅的窗户旁。发现他躺在那里也是出于偶然，因为那些天，整栋楼都没什么人，门房是去给一个出门度假的业主浇花时才发现的。惨剧发生在星期天晚上，就在格拉齐亚诺的妻子和两个女儿出发几小时之后。门房听到扑通一声，但他没去查看到底发生了什么，他觉得那好像是从别的房子里传来的声音。

就这样，格拉齐亚诺还活着，在院子里的鹅卵石上躺了一天一夜。我记得地上那些石头，很小，是椭圆形的，缝隙间长着青草。"这两天，我们一直在找他的妻子。"警察说，"您知不知道她有可能在哪儿？"我说她坐船去旅行了，警察记了下来，然后问我认不认识他的其他亲人。"我认识他父亲。"我说。警察正想记下来时，我说可以由我负责通知他父亲。警察对我表示感谢，说如果我想和医生谈谈的话，我可以去找他，尸检应该已经完成了。我点了点头。

我们走在医院一条长长的走廊里，警察走在前面。那些病人都从窗户里探出头来，想要呼吸外面的空气。那是一个非常炎热的下午，走廊的风扇只是在制造噪音，却吹不出凉风。我们在一道向里开着的门前停了下来，这时警察摘掉了帽子。真是一个举止得体的警察。"请进。"一个声音从里面传来，一名坐在打字机前的护士说。医生坐在一张大一些的桌子前，手里拿着几张纸，时不时会用来扇风。他应该感觉很热。他很胖，那些胖的人总是比瘦的人更不耐热。他衬衣里什么也没穿，能看到他肥胖而没有胸毛的胸脯。"请等一下。"他说着，摘下眼镜，用手帕擦了擦眼睛。他看了一眼用来扇风的几页纸，接着口述，那个护士也继续打字。"上门牙缺失。"医生对护士说，"是撞击造成的，下颌骨、第三段脊椎骨骨折。左锁骨大面积挫伤血肿，左边第三根和第五根肋骨骨折。小脑出血而死。死因：从高处跌落。"医生看着我们。"简直难以置信。"医生说，"他的手没有骨折。通常人在跌落时，都会用手护着脸，因此会造成手部骨折，但这人却不是这样。"那个警察向我指了指医生，医生露出一个尴尬的表情，让我坐下，虽然我已经坐下了。"你要看看他吗？"医生说。

我什么也没说。医生向护士做了一个手势，护士从桌前站了起来，我也跟着站了起来。警察在和我告别之前，想知道我有没有考虑到葬礼的问题，我说我考虑到了。我跟着护士走在走廊里，两边病房的病人都探出头来。走廊尽头有几级台阶，通往一个阳光暴晒着的院子，院子里停满了汽车。我们有些艰难地穿过院子，走向一栋低矮建筑的正门，门上长满了爬山虎。建筑内部很冷，也许是因为我刚刚经过了那个充满阳光的院子。进门之后是一个很宽敞的房间。房间角落里胡乱堆放着一些床单。只有一张桌子，放在房间的正中间，上面躺着一个人，用床单包裹着。我走近一看，地上有一些深色的污渍，可能是血迹。这让我想到，为了把尸体放在那张桌子上，他们把他拖到了这儿。

格拉齐亚诺就在那儿，在床单里。他的脸露在外面，胸脯的一部分也露着，出奇地突兀。他暴露在外的部位都肿胀着。有那么一刹那，我想这一定是个误会，这个人不是格拉齐亚诺。他正在海上旅行，就像他说的那样。他们把他的头发向后梳，露出了额头，看起来一点都不像他。我看到了他鼻子的线条，还有薄薄的嘴唇，一动不动，最后我看到了他肚子上两道长长的伤疤。这时我很想哭，但我没有。我知道护士正在门口那里等我，我本来想让他离开，但我不想说话。我把手伸向床单，移动了一下他的腿。在床单下，他的腿比这冰冷的房间还要冷。我腾出足够的空间，坐在了那张大理石桌子的边上。"不能坐在那里。"

护士说。我看了他一眼。他个头很小，很瘦。他想说些什么，但只是抬了一下手，出去了。我很高兴能一个人待着，大理石很清凉，我点了一支香烟，看着格拉齐亚诺。"是谁？"我听见门再次打开，大声问。一位神父走了进来，袍子上挂着巨大的紫色十字架，穿过堆满床单的房间，来到我面前。"下来吧，孩子。"他说着，把手放在我的一条胳膊上。他的胡子有蜡烛的味道。"上帝住在第几层？"我把手臂抽走。我低着头，不想看他的脸，烟钻进了我的眼睛。"你为什么不试着祈祷一下呢？"那位神父说。"我不祈祷。"我说，"我顶多说，拜托了。"这时，他把双手交叉放在胸前，摇了摇头然后走开了。在寂静中，我听到了一只苍蝇的嗡嗡声，我猜它应该是趁神父开门时飞进来的。它在空中飞舞了一会儿，最后停在了我的手上。我把它赶走了，它又停在了格拉齐亚诺的胸脯上。我再次把它赶走，但它很快就飞回来，停在了他的嘴唇上。我从桌子上下来，用床单盖住了他的脸，出去了。

那辆破旧的阿尔法被太阳晒得滚烫，我在开车时不能挨着靠背，否则可能会把我的背烫伤。格拉齐亚诺家里，那个门房还在，他还是很惊愕，无法原谅自己听到动静后没去查看。"我都不知道他在家。"他说，"我以为，他已经和妻子出门了。"我让他把钥匙给我,上了四楼。我把那串钥匙挨个试了一遍,才找到正确的那把。在房子里,唯一开着的窗户就是卧室的窗子,对着院子的那一扇,我没有过去。我开始四处寻找,最后才在入口处摆着的乒乓球桌下面找到了一本电话簿。我翻了一遍,没找到他父亲的电话,可能格拉齐亚诺已经记在脑子里了,或者从来都不会打电话给父亲。但我在电话簿里找到了一些我也认识的人,有的只是见过,还找到了一些共同的朋友,那上面也有我的电话。我用客厅的电话拨了所有人的号码,但一个人都没联系上。我把电话簿放在口袋里,去了《体育邮报》报社。"你为什么来得这么早?"罗萨里奥说,"发生了什么事?"

"没什么。"我说,"没事。"我拿出佛罗伦萨市的电话黄页,给所有姓卡斯特尔维乔的人打了电话,有人接电话,但他们都和格拉齐亚诺没什么关系。这时候,我用笔在那些没有接电话的人旁边做了记号,打算晚些时候再打过去。我让罗萨里奥回家了,想马上开始工作,但罗萨里奥一走,我就发现自己犯了一个错误:我太累了,无法誊写那些记者写的破玩意儿,但事已至此,我开始接听他们的来电。我每写一段,都会停下来,试着往佛罗伦萨打电话。

大约在半夜的时候，我找到了格拉齐亚诺的父亲。他是开出租车的，值班到晚上十一点。他的声音听起来就是个老年人，某种程度上，也有点像他的儿子，他一直默默听我说话。我告诉了他那个消息，等我把话说完，他仍然一言不发。当他再次开口时，我听到他在哭。他说，他马上就可以出发，他会打电话给出租车的调度部门，然后立刻动身来罗马。但我告诉他，他也可以第二天早上再出发，最好先休息一下。和他打完电话之后，我才发现，我还没给丧葬公司打电话。我在丧葬公司的名单里找到了广告最显眼的那一家。尽管我是在夜里那个时刻打过去，但他们非常客气，向我保证，他们会准时去医院，做好一切准备。我没有别的事情可以做，电话也没再响起。我来到窗口，看着空旷的街道，还有亮着的路灯，我抽了一支烟。时不时会有一辆汽车经过，打破夜的寂静，天空用一种难以言喻的缓慢速度开始变白，一直到我该回家的时刻。

　　葬礼在第二天举行。整个早上，我都拿着格拉齐亚诺的记事本打电话，但没有找到任何需要告知的人，最后我放弃了。他的父亲是在快到中午时开着出租车到达的。那是一个脸色苍白，眼睛布满血丝，看起来有些神经质的小个子男人。他想马上看到儿子，我让他单独待在太平间里，而我在院子里等着。院子里停着的车中间，有几只猫跑来跑去。一个男人出现在阳光下面，他一边走，一边用手帕擦汗。他是丧葬公司的人，说格拉齐亚诺身上穿的衣服要换一下，因为已经沾上了血迹。他想知道，他们是不是要去买一件来，我说不用买了，我去他家里取。他的衣柜里挂满了衣服，我从里面选了一套白色西装，回到医院里，把衣服交给了那个满头大汗的男人。我坐在格拉齐亚诺的父亲身边，那是一条花岗岩长椅，背靠着一面长满爬山虎的墙壁。他的目光落在那几只穿梭在汽车间的猫身上。"他是个没有理想的人。"他说，"人活着，不能没有理想。"我看到，他衬衣的扣眼里戴着残疾军人的银质徽章。我什么都没有说。他就是我们在故事中杀死的那个男人：一个老人。我们坐在那里等着，最后我认识的那个警察来了。他说对不起，然后递给我一张纸，还有格拉齐亚诺住院时口袋里的东西：一大串钥匙、一卷纸币、绣着他名字首字母的丝绸手帕、一段雪茄，还有一朵凋谢的康乃馨。不知道为什么，那朵康乃馨让我想到了圣艾利亚伯爵，也许是因为那朵花的花茎修剪后的长度正好可以插入扣眼里。我在那张纸上签了字，把那些东西交给了格拉齐亚诺的父亲，把康乃馨放在了口袋里。

丧葬公司的人过来通知说，一切都准备好了。我们跟着他，来到了殡仪厅。那儿的几束鲜花散发着刺鼻的味道，一台电风扇正对着格拉齐亚诺吹，他的衬衣领子随风抖动。"他没有鞋子。"丧葬公司的人说，他本来就没穿鞋子，不过他们可以去买一双来。这次我依然说不用了，我开着那辆破阿尔法去了他家，找到鞋子之后，又去找一家烟草店。我找了半天，才找到一家开着的烟草店，我带着那双鞋和买的烟回到了医院。格拉齐亚诺的父亲又坐在院子里的爬山虎前。我把鞋子给了丧葬公司的人，他们费了很大力气才给他穿上。我转过身去，直到他们为他把鞋子穿好。"我们可以把棺盖合上了吗？"丧葬公司的人说，这时，我把一包好彩香烟放进了棺材里。

"合上吧。"我说。我想，这句话应该由格拉齐亚诺的父亲来说，但他父亲一动不动，一句话也说不出来。当我看着他父亲时，他只是点了一下头表示同意。来了三个穿着汗衫的年轻人，用氢氧焰来密封棺木。火焰的声音有些大，味道也很难闻，于是我来到了院子里。

医院到教堂的路很近，格拉齐亚诺的父亲没力气开那辆出租车，只能由我开着他的车，带着他跟在灵车的后面。

我没有进教堂参加终傅①，但其实那个仪式很短。我坐在一个干涸、开裂的喷泉旁边，那里有好几只猫蜷伏在喷泉的阴影处。过了一会儿，丧葬公司的人来找我。"天气真是太热了。"他说。"在这种情况下，我们需要加快节奏。我知道，现在不是时候，"他接着说，"但葬礼的费用……"我说，我会把钱付给他们，让他们到《体育邮报》报社来找我。他说好的，然后坐进了灵车。过了一会儿，棺木从教堂里运了出来。格拉齐亚诺的父亲应该有些不舒服，有两个穿汗衫的小伙子搀着他。他坐在出租车后座上，脸色特别苍白。"我一晚上没睡觉。"他说，"再加上一路开过来。"我坐在方向盘前，通往墓地的路很长，但在太阳的暴晒下，路上空荡荡的，前面的灵车开得很快，还闯了一次红灯，不过路上的确没有什么人。

墓地要凉快一些，但鲜花在太阳底下腐烂的味道让人受不了。那些立在地上的大理石墓碑就像留在沙滩上的巨大的乌贼骨。神父带着两名神职人员为放入墓穴的棺木祈祷。我在想，为什么那两个孩子没和其他人一样去度假，而是留在城里，做这么不愉快的差事。棺木放好之后，神

---

① 天主教临终圣事，指通过在临终或已逝的信徒的额头上涂抹橄榄油，赦免其此生的罪孽。

父打开他的书，但我让他别念了。我拿来《最后的莫希干人》，根本就不用标记，我要念最后几段。我走近那个洒满阳光的墓穴，格拉齐亚诺的父亲靠在一辆装满干花的小推车上。"为什么我的兄弟都那么悲伤？"我大声念道，"钦加哥看着身边那些肤色黝黑、神色忧伤的士兵。他说，也许是因为这个年轻人去了打猎的福地，也许是这个首领度过了光荣的一生。他很善良勇敢，听从命令。谁能否认这一点呢？是曼尼托[1]需要一个像他那样的战士，就把他召唤到了自己跟前。至于我，老恩卡斯的儿子和小恩卡斯的父亲，不过是白脸人开垦的荒地上一棵倒塌了的松树。我的种族已经消失在盐水湖的湖岸上，但谁能说，部落的灵蛇失去了它的智慧呢？"[2]我合上了那本书，走开了。

墓地前面的路空荡荡的，我看着公共汽车的车站。我那辆破阿尔法还停在医院前，我要回那儿去取车，但无法下决心离开。因为我觉得，我还可以为格拉齐亚诺做些什么。但仔细想想，什么都做不了，真的是什么都做不了。

---

[1] 北美洲一些原住民部落信奉的自然神。
[2] 此处主人公引用了《最后的莫希干人》全书最后一部分，主人公钦加哥在儿子恩卡斯葬礼上的发言，从此，钦加哥真正成为莫希干族最后的族人。

八月中旬，燕子已经飞走了。它们从来都没有那么早离开过。黄昏的时候，我去阳台上等着风来，天空空旷而寂静，没有了燕子的身影。报纸上说，燕子离开罗马，是因为城市空气污染越来越严重，但这是个十分天真的理由。事实上，从高处可以更清楚地看到真相。

我不读书，也不去电影院，我什么都没有做。我每天都等着去《体育邮报》报社上班，支撑着我的是我唯一的骄傲：我不再喝酒了。我甚至买了一瓶百龄坛，把它放在桌子上一个显眼的地方，但我从来都不碰它。距离九月还有十天，我收到了阿丽安娜的一封信。"亲爱的雷奥，你在哪儿？在做什么？和谁在一起？总之，我没有你的一点消息，这让我很不安。在这里大家对我都很好，但我也度过了一段很糟糕的时光。我会在晚上忽然惊醒，担心自己窒息，想不顾一切地回到诊所里去。第一个星期，埃娃一直在疯狂地给利维奥打电话。最后她来了，大吵了一架，最后他们俩一起走了。让他们俩见鬼去吧！现在我感觉好多了。我总在吃东西，我害怕我会变得很胖。我每天都下海游泳，坐一艘很漂亮的船出海，我发现自己特别喜欢游艇。但今天下雨了，我很难过，感觉自己孤零零一个人，待在这个广阔而又可怕的世界上。我不知道我应该去哪儿，应该做什么。你为什么不来接我？哦，我求你了，求你了，求你了。"

信封上有个地址，两天之后我向报社请了假，开车出发了。我没走高速公路。高速公路最美妙的地方在于：它们会让普通公路没那么拥挤。我的破阿尔法吭哧吭哧地行驶在城堡区的爬坡路上，奔跑在田野中；田野荒凉干枯，但已经披上了无比柔和的秋天的色彩。过了城堡区，有一个大下坡，一段长长的直路，两边种着法国梧桐。随后，大海出现在眼前。正午的阳光下，我不紧不慢地向前开着，越往南走，海岸就变得越发美丽宜人。道路很宽，视野开阔，我开得很快，经过那些光秃秃的石头山。道路下方的岩石间，海面波光粼粼。但有一些路段比较低，旁边就是空旷的白色沙滩。最后是一座俯瞰着大海的撒拉逊碉堡。就在这时，我看到了这个海湾。

这个海湾要比其他海湾宽阔，蔚蓝的海岸线绵延了几公里，像两只手臂一样面向大海伸开。一片低矮的灌木丛把道路和海滩隔开，在一个岩石岬角上，矗立着一座深色的撒拉逊碉堡。我停下车，开始脱衣服。我赤裸着脚，走进小灌木丛里，想找到一个通往沙滩的缺口。沙子滚烫，但海水清凉透亮。我跃入水中，一直向前游，一直到喘不过气来。我转过身来，直挺挺地躺在海面上，听着耳边海水的低吟。我感觉很好，不记得自己什么时候这么自在舒适过。最后，我不紧不慢地朝着山的方向游回了海岸边。重新上路之前，我在阳光下擦干身体。我赤脚开车，身体晾干之后，海水在我身上留下了一层盐。我肚子饿了，就停下车，在路边的馆子里吃鱼。我接着向前行驶，每到一个村子，都停下来问一问路。最后，终于有个男孩说，他知道那栋别墅，给他一千里拉，他就可以陪我去。

那栋别墅修建在撒拉逊碉堡旁边，房子很低矮，非常洁白，四周种了很多海松和夹竹桃。在栅栏门前，停着几辆跑车和撑场面的豪车。我把那辆破阿尔法停靠在那里，它既不是跑车，也撑不起场面。我拉了一下从栅栏门旁的墙上伸出的一小段铁链，听见远处传来一阵门铃的响声，还有几只狗的叫声。过了五分钟，出现了一个穿着白色制服的用人。"家里没有人。"他说，"所有人都出海了。主人在书房里，但他不希望被打扰。"

"贾科莫，是谁？"阁楼里传来一个声音。

"是找阿丽安娜小姐的！"贾科莫叫喊道。这时，阁楼那边的声音大喊着，请我进去。用人引着我走在一条水泥小径上，我们来到一个面朝大海的露台，上面摆放着一些白色的大理石躺椅，靠背上的图案很奇异。"您要不要来杯饮料？"用人说。一刻钟之后，我正喝着饮料，别墅的主人出现了。我认识他，这是我第二次见到他。他就是那个叫阿洛里奥的人，他的画装点着罗马的很多客厅，画的都是海边的风景、帆船、装满货物的车子和小丑。他的身高和我记忆中的差不多，瘦巴巴的，头顶上没有头发，一圈灰色的头发长在棱角分明的后颈上。他长得像毕加索，但个子更高，更硬朗，没有毕加索那道明亮的微笑。"大家都坐船出去了。"他说，"您要等等他们。"

"好的。"我说。

他的眼睛灵活、明亮，像猛禽一般，手指很长，关节突出，看起来很有力。他晒得黝黑，身上只穿了一件印有红白花朵的短泳裤。他的膝盖上有些旧伤——那种小时候打架留下的、再也不会消失的疤痕。我有些惊异地想着，像他这样的人，小时候不知道是什么样子。他走下来时挠了一下大腿，很明显，他习惯于穿着长裤坐在那儿。假如我心情好的话，可能会笑起来。"罗马的天气怎么样？"他问。

"八月天。"

"我懂的。"他说，"天气很炎热。我搞不懂为什么阿丽安娜要回去。她真是反复无常，让人难以捉摸。"他用的形容词十分准确。"我猜你们是很好的朋友，是不是？"

"是的。"

"仅仅是朋友吗？"他说。我看着他的眼睛。他笑了起来，但并没那么确信。"她说您是一位记者，好像在《体育邮报》工作，您喜欢这份工作吗？"他急忙说，"我有很多记者朋友，他们或许可以帮到您。"

"我很喜欢这份工作。"

"这样最好。"他伸出手说，看了一眼四周，"这样最好。"他又说了一遍。"您要喝杯酒吗？"我说不需要。他微笑着说对不起，他要回去继续工作一会儿，让我自便，就像在自己家里一样。如果我想下海游泳，可以问贾科莫要件泳衣。总之，其他人也快回来了。好吧，他要回去工作了。他再次表示歉意，对着狗吹了声口哨，走开了。过了一会儿，阁楼里传来了巴赫的音乐。

下午四点，海面上似乎浮现出一个影子。一艘船渐渐出现在眼前——那是一艘大型游艇。游艇停靠在礁石间的海堤边上，从船上下来了几个人，他们身上都穿着印有红白花朵的泳衣。阿丽安娜也在那帮人中间，她的头发披散在肩膀上，少女般匀称的身体晒得黝黑发亮，让人动容，她看起来很开心。那帮人走上在岩石间开凿出的台阶，我听到了她的声音，她说她很累。有个金发年轻男人，脖子上挂着一串贝壳项链，一只胳膊搭在她的肩膀上。有一段路，他们消失在岸边的树丛中，再次出现时，他们的声音听起来很近。忽然间，他们出现在露台上。阿丽安娜看到我，她很惊异。"我的天！完了！完了！"她很夸张地喊道。"格拉齐亚诺怎么样了？"她亲了一下我的脸颊后，问道。

"他很好。"

"你真是太没有良心了，连一张明信片都不寄给我。你穿的这是什么？"她看着我的军装裤说，"你不是总穿牛仔裤吗？过来，我给你介绍一下。你已经见过毛罗了吗？"她说的是阿洛里奥。我和他们握了一下手，每个人都晒得黝黑，也都很随意。就在这时，阿洛里奥出现了，他高高地站在阁楼那里，抬起手做了个祝福的手势。"我要走上主的祭坛①，我的上帝。"所有人都笑了，但阿丽安娜的脸色刹那间变得很严肃，但随后，她又微笑着拉住了我的手。"你

---

① 原文为拉丁语，出自《旧约·诗篇》的第 43 章。詹姆斯·乔伊斯在其长篇小说《尤利西斯》的开篇也引用了这句话，作为对天主教弥撒的戏仿。

们已经认识对方了，我猜。"她有些傲慢地说。阿洛里奥严肃地点了点头，也对我表示祝福。

"我要去收拾一下行李。"她说，"你要陪我去房间里吗？"我们再次走过那条水泥小径，两边都是夹竹桃。我们又走了很短的一段路，去往一间独立于整栋房子的房间。那个房间有一扇很大的窗户，面朝大海，洒满了阳光。房间里面摆着一张桌子、一个带镜子的老抽屉柜，还有一张床，床罩的花色和泳衣一样，也是红白花朵的。我默默地看着阿丽安娜收拾行李。她旁若无人，脱掉了泳衣，就好像我不存在一样，我觉得受到了羞辱。她没有穿内裤就套上了一条非常破旧的牛仔裤，还有一件带着透明蕾丝的衬衣，脚上穿着一双红色橡胶凉鞋。"我准备好了。"她说。

我们回到了露台上。所有人都躺在白色躺椅里，我们一出现，他们开始一起抗议。"你真的好烦人。"其中一个姑娘说，"你就不能等到星期天，再和我们一起出发吗？"阿洛里奥靠着一道面朝礁石的栏杆，微笑着说我们俩都可以留下来，一直待到星期天。阿丽安娜用愤恨的目光看着他，然后开始和其他人告别。整个过程用了不少时间，他们约好了回罗马之后再见面的时间。她最后才和阿洛里奥告别，他一直站在那里微笑，这让阿丽安娜很烦躁。"再见。"她说。她转过身，用人这时把行李带了过来。"我们出发吧？"她一边走一边对我说。我们走到了露台边上，这时传来阿洛里奥的声音。"阿丽安娜！"他大声说，"你是不是忘了什么东西？"

"你指的是什么东西？"

"你很清楚。"阿洛里奥伸出一只手说。

阿丽安娜用她的大眼睛盯着他看了一会儿，开始在牛仔裤口袋里翻找。牛仔裤很紧，她费了很大的力气才取出一副纸牌。她把纸牌交给了用人，用人又转交给了阿洛里奥。他把那副牌在手上掂量了一下，面带微笑，向身后丢去，纸牌散落到了礁石间。阿丽安娜也微笑起来。

我们默默地跟在那个用人身后，走到破阿尔法跟前时，我赶在了用人前，打开了后备厢。他把行李放在后备厢里，拍了拍手上的灰。"再见，小姐。"他说，"希望能在罗马再见到您。"阿丽安娜点了点头，坐上了车。开始的一百公里，我们俩都没说话。就是那一次，我发现，两个人的沉默比一个人的沉默更安静。阿丽安娜一言不发，看着窗外的山石。夕阳落山之后，那些山石也逐渐消失了，大海呈现出珍珠般的光泽。白天很快就变得越来越短，这让人无比忧伤，就像试图弥补那些无法弥补的东西一样。我痛苦地想到，到了九月，夏日的炎热会平息下来。"你为什么要我来接你？"我问。

她没有马上回答，过了一会儿才开口："你说得对，对不起。"

我很清楚原因：她想把我展示给阿洛里奥，就像她在那天晚上，在圣艾利亚的别墅前，把他展示给我那样。阿洛里奥的优势在于，他当时并不知情。好吧，优势或多或少都被他占着。对于我来说，一切都结束了。现在，道路的旁边是铁轨，天越来越黑。天黑下来的时候，保持沉默不再是一件难事。那条两边种着梧桐的大路影影绰绰，凉风从车窗吹进来。看到城堡区第一个村子的灯光后，我们停在一家小饭馆前，匆匆吃了点东西。我们很快又出发了，过了一个小时，我们就到了罗马城区。"要我送你回家吗？"我说。但她说，她再也不想回到埃娃的家里。"那我送你去哪儿？"

"我不知道。"她说，"我想去你家里，只待几天。"

"不行。"我说。

"你什么都明白了，是不是？"她说，并努力挤出一个微笑。城市越来越热闹，每天都有很多人从外面度假回来，无论如何，生活还会回到之前的样子。这座城市的一切都不会发生变化，就是这样。我说，我带她去一家旅馆。"可以。"她说。她在包里翻找着什么，车里很快充满了丁香的味道。"对不起。"她接着说，"我很抱歉。"

九

我从早到晚都在喝酒，说起来，就像过去的好日子一样。时间就这样一天天过去，夏天变成了秋天，秋天在走向冬天。唯一遭罪的时刻是在醒来时，早晨的呕吐是酗酒之后最令人难受的事。除此之外，我没什么可抱怨的。我继续去《体育邮报》报社上班，尽管我的手颤抖得厉害，几乎无法打字。我的手指经常会卡在键盘缝隙里，指甲总是裂开。大多数时候，我一动不动地坐在打字机前，录音机的转盘空转着。后来，办公室里有几个女孩厌倦了，因为她们总是要替我做我的那份工作，就向主任告状。那个长得像猎犬一样的主任先是打出了同情牌，但看我并没有任何起色，就正式通知我，必须在十一月底前离开。世界自有正义，我还有十五天期限，他的期限却先到了——我不是说他死了，只是我隐约听说，新闻界发生了某种革命，在这场事变之后，那个主任被解雇了。他的位置被罗萨里奥取代，我又可以高枕无忧一阵子了。

晚上，我经常去桑德罗先生的酒吧。喝得差不多的时候，我就会出去和警察吵架。穿制服的人总是让我很厌烦，当我喝多了，就觉得自己必须告诉他们，我很讨厌他们。我把气撒在任何一个穿着制服的人身上，甚至是电车司机。除了警察，我还喜欢找旅馆门童滋事。我常常筋疲力尽地回到家。早上，如果我能爬起来，我就会拿着我和格拉齐亚诺写的剧本，到电影制片厂去碰碰运气。我这样做不仅仅是为了格拉齐亚诺，也是为了自己。我还在支付高得惊人的丧葬费用。我记得我和几个秘书上了床，却几乎从未得到与比她们更重要的人交谈的机会。有一天，我终于成功进入了某位制片人的办公室。

他很年轻，充满活力，是个没什么钱的北方人。他看过剧本，非常喜欢。不过办公室里还有个穿着牛仔裤和毛衣的男人，是个导演。我看过他的电影，都是西部片，标题不怎么样，但电影还不错。我们的交谈很愉快。导演说，他喜欢这部电影，虽然需要进一步修改，但不会影响到故事的实质内容。制片人谨慎地说，能不能拍这个片子，在很大程度上取决于价格。我说这不是问题，他们似乎松了一口气，语气又变得很亲切。他们手里也有合适的演员——一个年轻的流行歌手，正在电影界崭露头角。这个演员有点年轻，但导演有一个想法，就是将剧本里主角的年龄再减十岁。"他是个出身不错的毛头小子。"他说，"我可以让他演一个和平主义者。那么他杀死父亲这件事就会变得很有象征意义。"

"他也可以在纳沃纳广场吹笛子。"我说。导演眯起眼睛掂量着，对他来说，这个想法很不错。桌上威士忌瓶里的酒一点点下去，我们谈得越来越融洽。当我们把那瓶酒喝完之后，我把酒瓶推向他们，说应该把那个瓶子塞到他们屁眼里，以及为什么要这么做。他们非常气愤，甚至想动手打我，但我挥舞着那个酒瓶，毫发无损地跑掉了。我跑到街上，手里还拿着空瓶子，去最近的酒吧归还它。他们不想给我钱，我和他们争论了很久，说玻璃不是塑料，它在证券交易所还是有些价值，但他们对金融一窍不通。我离开了。我走在街上，看到的第一个人就是从一辆急救车上下来的警察，他把头从车里伸出来时，我冲向了那扇车门。我后来得知，他有两颗牙齿被打掉了。

至于我，我在一张铁床上醒来。一个女人的脸对着我。

她神态沉着，充满耐心，戴着一顶白帽子，弯着腰，在离我的脸几厘米的地方看着我。紧接着，我感到手臂被针刺了一下，注射器里装着的是一种红色液体。我看到了床边的束缚带，问他们是否用过。"只有第一晚。"护士说。

"我在这里待了多久？"

"四天。"

"把我的衣服给我。"我边说边从床上坐了起来。那是一个摆满床的大房间，但只有两张床上有人：一个是我，还有一个不知道是谁的人在靠近门的床上。我想去见医生，想离开这里，但当我试图站起来时，觉得天旋地转，膝盖发软。尽管在墙皮剥落的墙壁上有几排大暖气片，我还是冷得要命。"我再给你拿条毯子。"护士边说边把我扶回床上，"你中午会见到医生。你要通知什么人你在这里吗？"

我没回答，只是把毯子拉到肩膀上。我又一觉睡到了第二天，醒来时，我感觉很好，还想喝酒。那个护士——不是之前的那个，而是另一个——说我可以把喝酒的事忘了。如果我愿意的话，可以和医生谈谈。医生总能帮上些忙。我说，我想马上见他，想离开这里。这时候，房间里几乎所有床上都有人了。我被领进了一间办公室，里面摆着玻璃橱柜和桌子。桌子后面坐着一位面色阴沉的老人。我在他面前坐下，他问的第一句话就是：我是不是想死。

"不想。"我说。

"那你看这儿。"他说着，递给我一张纸。我没有接，他看了我一眼，把纸放在桌上。"你知道什么是黄昏综合征吗？"他说。我摇了摇头，开始看那张纸上的文字。上面好像写着意识中断、原始人格碎片呈现、焦虑、激动、昏迷、无意识行为、谵妄、言语紊乱。我特别喜欢"谵妄"这个词。他说："你见过老鼠吗？"这个问题让我害怕。老鼠是什么意思？我又没有到那个地步。我没说话，但他注意到了我的反应，把眼前的那张纸移到了一边。"你还记不记得，你把一个空酒瓶扔向酒吧的一面镜子，并袭击了警察？有一则针对你的起诉。"我只记得那个警察。医生看了看我，把铅笔丢在桌子上，做出了最后的决断。"你绝不能再碰一滴酒了。"他说，"你的肝脏不允许你再喝酒，你必须小心。有的人可以喝酒，有的人则不能。你就是那类不能喝酒的人。如果你想继续活下去，你就要记住这一点。否则，请便吧。"

"我不会再喝酒了。"我说。

"这由你决定。"

"我不会再喝酒了。"我又说，"我可以走了吗？"

"如果你想走的话，你可以走了。"他说。我对他表示感谢，走到门口，当我开门的时候，他又说话了。"加扎拉。"他说。我转过身来，他的声音很温和，与之前很不同。"这并不容易。"他说，我看着他的眼睛。"我知道。"我说，"我已经试过一次了。"我忽然很想哭。"如果你需要帮助，可以回来找我。"我关了门，向大厅走去。一名护士正推着一辆装满红色注射器的手推车，它像装满酒瓶的小车一样叮当作响。我拦住她，问她是否可以把我的衣服给我。我走进大房间，坐在床上等着。护士拿着我的衣服回来时，我问她那天是几号。那天距离圣诞节还有十天。

事情总是这样，一个人在戒酒时总会有这种感觉：世界在趁机偷袭你。照我当时的处境，这不仅仅是一种感觉。第二天早上，我在家里被一种从未听过的、单调而低沉的震动声惊醒。我走到窗口，看到眼前的山谷已经被拆毁。十二月寒冷的阳光下，一台挖土机正拔除树木，在草坪上留下一道道黑乎乎的压痕，就像一道道伤口。他们正在修建房子，和以往一样，从破坏一切开始。这种情况持续了好几天，在挖土机的轰鸣声中，时不时会夹杂着树木噼啪倒下的声音，但现在，我在家里只是睡觉。

　　我很难站起来。酒精离开了我的血管，留下一个巨大的空白，我不知道怎么填充它。我强迫自己吃很多肉，还有新鲜蔬菜，就像医嘱里说的一样。在我出院的时候，他们给了我一张纸，上面写着医嘱，还给了我一些蓝色药片，但我只能很艰难地喝些茶水和橙汁。有一天晚上，我想，在有人陪伴的情况下，我可能会更乐意吃点东西。我给伦佐家打了电话，是维奥拉接的，但背景里有其他我认识的人的声音。我和她约好，第二天晚上我会去他们家。当我走进客厅时，看到白色天鹅绒沙发后面有一棵无比巨大的圣诞树，比文艺复兴百货公司的那棵小不了多少。"这座城市已经疯了。"维奥拉说，"这些天你去过市中心吗？"

　　我最近小心翼翼地避开了市中心。我最受不了的就是街道上的节日装饰，还有商店门口的白胡子圣诞老人。甚至连圣诞树也让我无法忍受，大部分圣诞树已经变成塑料的了。但我没说什么，不仅仅因为伦佐家的圣诞树是一棵真正的杉树，散发着芬芳的气息，非常完美，也因为我感觉很好，不想说话。我看着用人忙前忙后，布置餐桌。我们等待伦佐从电视台回来，家里有一种温馨的气氛。还有其他一些东西。我看到走廊上堆满了五颜六色的礼物，这让我想起了埋藏在记忆深处的米兰的圣诞节：空气寒冷潮湿，弥漫着雾气和柑橘的味道；我尤其记得，商店和熟食店装饰得很漂亮，有堆积如山的新鲜奶酪、一串串香肠，还有热乎乎的、美味的德国烤肠。父亲会在圣诞节订购整筐的食物，圣诞节前一天的整个下午，都不停地有伙计按响门铃。在几个姐妹的惊叫声中，他们把成堆的食物放到厨房桌子上。她们会品尝每样东西，母亲为此勃然大怒，因为这会破坏菜品的外观。天啊，我们曾经真的很幸福。我突然有种想回到米兰的冲动。"过去，圣诞节是比较私密的节日。"维奥拉说，"现在，这种送礼的讲究变得很疯狂。你知道伦佐花了多少钱买圣诞礼物吗？"

"这是给你的。"父亲说，"这是给你的，这是给你的。"他一边递出礼物一边说。不知道为什么，他从来不叫我们的名字。

"你知道阿丽安娜的事情吗？"

"我怎么知道。"我说，感觉有一把刀扎在心里，"她一定在种丁香花吧。"

"真是太疯狂了。"维奥拉说。她并不明白我刚才在说什么，但她当时并不在圣艾利亚别墅前。"那个男人——阿洛里奥，他阻止阿丽安娜见她姐姐，结果我们也见不到她了。埃娃真是一点办法也没有。她的处境很糟糕。"她看着我。"你知道她和阿洛里奥在一起了，是不是？"她有些不确定地说道。我说我不知道，她咬了咬嘴唇，于是我告诉她，我猜到他们在一起了。她又开始说话，随后陷入了沉思。"为什么会是这样的结局，雷奥？"她说。但我没有回答。即使没有其他人的提醒，我也很难不去想这件事。但维奥拉想和我谈谈发生的事。"埃娃有很大的责任，她忌妒得发狂，我不是指利维奥。在我看来，他们的关系也很不可思议。我指的是之前，她忌妒你，她无法忍受阿丽安娜爱你。"

就这样，我知道她是爱过我的。就这样，通过说闲话的那种私密的、劝服的语气，我知道她曾经爱过我。因为我的缘故，她和姐姐发生了激烈的争吵。埃娃不明白，阿丽安娜怎么会爱上像我这样落魄的人。她们一直在争吵，最激烈的一次发生在我从电视台消失的时候。当时他们在一起吃饭，阿丽安娜很担心我，一直起身给我打电话。最后埃娃爆发了，盘子也摔了，哭也哭了，最后阿丽安娜离开了，大喊着说要去我家住，但她没找到我。早上五点，她去了伦佐家。她的情况很糟糕，他们不得不叫了医生。

"她无法呼吸。"维奥拉说。我没有说什么。我想到了第二天晚上，她来我家时，我让她坐在沙发上，背对着她。

伦佐走了进来，拍了拍我的肩膀。"你来了，真好。"他说，"你看那棵圣诞树怎么样？"

"他还是像往常一样漫不经心。"维奥拉笑着说，"他根本没看见那棵树。"这个玩笑让我有些不适。我想到了我从电视台消失那晚，维奥拉送我到门口时说的话。"给阿丽安娜打电话，你知道，她总是很夸张。"她就是这样说的。发生了那么多事，看到阿丽安娜的那种状态，她竟然说出这样的话。但他们就是这样的人，觉得一切都无所谓，轻浮而又自信。他们会用笑话摧毁一个人，然后就去忙自己的事，或者随意坐在离自己最近的沙发上。好吧，我又要抹掉一个去处。在我们吃饭时，我费很大力气才能和他们交谈，后来又不得不费很大力气与伦佐下棋。我在怀念米兰。我有些想要回到那座沉闷的城市里，那种严肃、沉闷的生活。我厌倦了玩笑话和沙龙：人们杀人不流血，毫不留情，仿佛那些人只是衣服。

我从伦佐家出来时，风很冷，简直要把手冻掉。整座城市灯火通明，头顶上是澄明到令人心碎的天空。我拉起大衣的翻领，坐上了我的破阿尔法。在一个避风的地方，我数了数身上剩的钱，够用了，夜里一点有一趟开往米兰的火车，还来得及。我要坐一整晚的车，车厢里挤满了人，简直让人无法呼吸。我来到走廊里，坐在一个凳子上，用额头靠着车窗。这个姿势很不舒服，但我还是睡着了，周围是黑漆漆的包厢里传出的声音。我在睡着前听到的最后的声音，是火车抵达一处寂静的小站时一个姑娘的笑声，后来就什么都听不到了。我甚至感觉不到额头靠在车窗上那冰冷的触感。我中间醒来了两次，其中一次是在深夜，火车正在穿越亚平宁山脉。山上全是积雪，我一边抽着烟，一边看着外面的山。我第二次醒来时，天快要亮了，火车奔驰在平原上。又过了两个小时，我抵达了米兰。

我从火车上下来，那是一个天色铁青的早晨。我已经精疲力竭，身上全是火车味，那是在火车上过夜的人身上特有的味道。我不能不带行李就这样出现在家里，于是去了火车站附近一家日间旅馆①的澡堂。我看着镜中自己的面孔，我明白，做什么都无济于事了，那双又红又肿的眼睛

①意大利早年间常见的一种旅馆，通常位于市中心或火车站附近的地下建筑内，配备有浴室、厕所，并提供理发、修脚、洗衣等服务，是市民和旅客用以保持个人卫生的空间设施。

背叛了我。还有脸颊——我的脸颊凹陷，皮肤松弛，像个老人。我洗了个澡，又去理了发刮了胡子，但我的样子看起来并没有明显好转。我打算吃顿早餐，但咖啡实在是又烫又难喝，塑料袋里的牛角酥味如嚼蜡，就像是轮胎厂做出来的。咖啡馆的服务员也像是洗碗小工，来去匆匆，手忙脚乱。我尽量控制自己，才没有转身坐火车回去。我从火车站出来。

我很熟悉这座城市的气味，那是米兰冬天特有的味道：雾霾和烧柴火的味道。前一天下了一场雪，人行道两边堆着脏兮兮的积雪，已经结了冰。楼房矗立在淡淡的雾霭里，声音好像也因此变得沉闷，太阳时不时露一下脸，但阳光很暗淡。天气很冷，我坐上电车时，全身已经冻得有些麻木了。"但是米兰的电车很不错。"我坐在油亮的木质长椅上，想着阿丽安娜说过的这句话。在我周围，人们用我近乎遗忘的口音说话，他们脸色苍白、神情沮丧，等待迎接日常生活的绞杀。

我开始认出之前居住的街区。有很多新商店，跟我以前住在这里时相比，简直焕然一新，而我只能通过街道的名字认出这里。那天早上，我很清楚地看到：虽然这个街区发生了天翻地覆的变化，但还是保留了之前的一些东西。

比如那家有着绿色招牌的小餐馆，招牌上有个跳舞的女人；中国商店还是以前的样子；还有那家常有妓女出入的烟草店，她们会走进去和店员聊几句，梳理一下自己的头发。这都是经久不变的东西。那些老店铺虽然经受着有着玻璃橱窗的新商店的挤压，但还是存活了下来。突然间，我眼前是一片陌生的景象。之前那座丑陋的巴洛克教堂去哪儿了？有那么一刹那，我以为电车改变了路线，于是不由自主地看了看街道名称：还是之前的街道，但教堂已经不在了。不仅如此，我下电车时看到，我家门前的小山也不见了。那是一座绿树成荫的小山，有花岗岩台阶和长长的斜坡。小时候，在漫长而寒冷的冬天，我在上面滑雪，曾经摔断过胳膊。现在小山永远地消失了，它已被夷为平地，取而代之的是一座低矮的建筑，里面是一个露天市场。但令我震惊的并不是这个变化本身，而是它发生的时间，也不过才一年多。我下了电车，在市场上走了一圈。市场里陈列着各种货物，尤其是水果和堆在角落里的冷杉木，散发着森林的气息。我买了一串葡萄吃了起来，葡萄特别冰，简直让我的牙都要疼起来。这时，我看着我从前住的房子，它看起来和之前一模一样，但对我来说，仍然没有任何意义。正是这条马路毁了一切——它曾经是一条干净的街道，但现在变得很糟糕。我把手里剩下的葡萄梗扔了，想过马路回家，但我停下了脚步。

我的父亲这时从大门里出来了。我想叫住他，随后又想跟着他，忽然把手伸到他胳膊下，就好像什么也没发生过一样，若无其事地出现在他面前，给他一个惊喜。可我待在原地，一动不动。他看起来没什么变化，穿着大衣，依然很高大，步伐也依然有力而柔软。但我知道，如果我看着他的眼睛，就会发现他其实老了很多。他走近汽车时，我站在那里看着，他打开车门，掉头看了一眼家的方向。我顺着他的目光看去，看到我的母亲正站在窗口。父亲向她做了个手势，既是向她道别，也是在示意她进屋，以免着凉。但她没有动，微笑着向父亲招手。我从未见过他们之间的这个仪式，也许这是在他们单独生活在一起之后才开始的。父亲上了车，在车上静静地坐了很久，等待发动机热起来，他对物品的尊重总是令人难以置信。母亲一直站在窗前，但在关着的窗户后面，我无法清楚地看到她，也无法知道她的样子。汽车终于开动了，吭哧吭哧地开向十字路口，母亲从窗口消失了。

我还是没有动。我从未见过他们如此平静。他们肯定不会想到我会回来，我为什么要去打扰他们呢？距离圣诞节还有两天，一切应该都安排好了：他们会与自己的几个女儿，还有她们的丈夫和孩子一起吃团圆饭。他们都是体面人，我和他们又有什么关系？我仿佛已经听到母亲的询问，看到父亲沉默的眼神，几个姐妹则一定会高傲地对我评头论足。她们一定觉得自己坚实、稳定的小日子才是最值得过的。我很久以前就离开了，现在却非要在圣诞节打扰他们吗？无论如何，我必须做点什么，至少要动起来。天气太冷了，一动不动地待着太冷了。我动身去寻找一家熟食店，我走了一会儿，找到一家看起来不错的店铺，店里比大教堂装饰得还要金碧辉煌。我要了个三明治，里面夹着热乎乎的德国烤肠，还加了一些酸菜和芥末酱。我一边吃，一边走向火车站。德国烤肠简直太美味了，这样说来，回米兰一趟还是值得的。奇怪的是，我一点也不感到难过，至少没有太难过。我有点落魄，这倒是真的，后来我坐上了电车。如果运气好的话，我能在火车站的报刊亭找到一本好书，坐上一辆不太拥挤的火车。那天很幸运，我找到了一本不错的书，火车也空荡荡的。火车开动时，悲伤才开始向我侵袭。我意识到：如果火车朝着另一个方向开去，开向任何地方，对我来说都一样。

一月底，我收到格劳科和赛琳娜的信。这是两年来他们寄给我的第一封信，我一看到它，就知道这也将是最后一封。他们要回罗马了，在信中写了到达的日期和航班号，我想我应该去机场接他们。我花了两天时间把公寓整理好，不得不让门房帮忙。现在山谷里有很多挖掘机，扬起了很多灰尘。几个月来，我都没有怎么整理房间，要把三个房间整理出来，还是要费很多工夫。

我刚看到他们下飞机的时候，就意识到他们变了。在人群中，我很费力才认出他们来，我先是认出了格劳科像拳击手一样的步态，身旁是赛琳娜穿着披风的苗条身影。他们热情洋溢地向我走来，格劳科首先张开双臂。他长胖了，比离开时更愉快了，他应该已经重新夺回了他的尊严和荣耀。他很热情地握了握我的手，赛琳娜则亲了亲我的嘴唇。"不要看我。"她说，"这简直是一场糟糕透顶的旅行。"但实际上，她看起来很可爱。她看到那辆破阿尔法，忍不住笑了起来。"怎么可能？"她说，"你怎么还开着这辆破车？太可爱了！"

我们把行李装上车，三个人挤在前排的位子上。格劳科看起来最为心满意足，他在墨西哥城最好的画廊举办了两场画展。至于赛琳娜，那些戏剧评论家对她制作的《茶花女》①和《安德烈·谢尼埃》②的布景赞不绝口。"你知道人们叫我们什么吗？两个来自意大利的天才！你无法想象，那些招待会有多奢华，简直太棒了，有很多军官和政客都来了。格劳科呢，说真的，是有个学生朝他吐口水。但我们也学会了不把抗议者放在眼里。那些人都不知道自己在说什么，他们只会在广场上送死。"赛琳娜说，"总之，我们挣了很多钱，迫不及待想回罗马。这里的情况如何？"

"还是老样子。"我说。

"哎，这种地方，你们怎么生活得下去呢？"格劳科说，"我们一有机会就回来了。是不是，亲爱的？"他们几乎没有注意到我整理了房间。室内的整洁并没持续多久——他们打开行李，赛琳娜从行李箱里拿出一件墨西哥风格的家居服，洗了个澡，坐在沙发上，喝着一瓶在免税店买的龙舌兰。"没什么比龙舌兰更好喝的了。"她说，"简直像火一样！你到底想不想和我讲讲你这边发生了什

---

① 由意大利浪漫主义作曲家朱塞佩·威尔第（Giuseppe Verdi, 1813—1901）作曲的三幕歌剧，改编自法国作家小仲马（Alexandre Dumas fils, 1824—1895）的小说《茶花女》。
② 由意大利作曲家翁贝托·焦尔达诺（Umberto Giordano, 1867—1948）根据剧作家路易吉·伊利卡（Luigi Illica, 1857—1919）的剧本创作的四幕历史歌剧，讲述了法国大革命时期法国诗人安德烈·谢尼埃（André Chénier, 1762—1794）的人生境遇。

么事？”

"还是老样子。"我说，"不，我不喝酒。"

"当然，你想在这儿待多久都可以，你看起来有点颓废。"

"他也可以永远待在这儿。"格劳科说，他穿着内裤，从浴室走出来，"你不会想一直住在这里吧？"但他没提到，那些混凝土骨架已经取代了山谷中的树木。

"我要回旅馆去。"我说，"我已经通知他们了，他们会把之前的房间给我。如果你们不介意的话，我明天再走。"他们并不介意，喝完最后一杯后，他们开始整理行李，把衣服放到卧室的衣柜里。他们拿起的每件东西都有一个故事，而他们想把所有故事都讲给我听。"这是给你的。"赛琳娜递给我一个青铜小像，说，"这是生育之神。"那是一个看起来凶巴巴的、矮小的雕像，眼睛的位置上嵌着两颗红色的石头。"你这个老色鬼。"格劳科坐在床上说，"真不知道你在我们的床上糟蹋了多少姑娘。那些姑娘都怎么样了？我一直搞不懂，她们怎么会对你情有独钟。朋友们呢？"

"格拉齐亚诺死了。"我说。

"天啊，真是一个噩耗。"他说，"真是太令人难过了，他是我们的老伙计。"

是啊。我正准备彻底告诉格劳科我对格拉齐亚诺的看法时，赛琳娜手上拿着那件红色的睡袍走了进来。"你还留着这块破布？"她说，"为什么不把它扔掉？"她在我嘴唇上亲了一下。我发现我很难忍受他们，我很后悔告诉他们旅馆房间第二天会空出来。但我还有书和衣服的问题要解决，无论如何，我还需要一天时间。为了不和他们待在一起，我去了《体育邮报》报社，尽管那天是我的休息日。

晚上我回来的时候，他们正在看电视，他们当天下午就把它修好了。我和他们一起抽了一支烟，就回到了我的房间。我第一次关上门睡觉，很难入睡，自从戒了酒，我就经常失眠。我听到他们在浴室和走廊之间走来走去。有几分钟，我还听到他们的声音，赛琳娜在傻笑，格劳科骂她是白痴。后来他们关上了卧室门，过了一会儿，我听到弹簧床的吱扭声。我打开台灯，开始看书。当赛琳娜去洗手间时，她一定注意到了从我门下透出去的光线，我听到她在笑。

第二天早上，格劳科很早就出门去找一间可以租用的画室。我还在床上，赛琳娜给我端来了咖啡。她穿着那件红色睡袍，胸口是敞开的。"给我腾点地方。"她说着，坐在床上，而我喝着咖啡。"你为什么留着它？"她摸着睡袍的下摆说。

"我想，你可能用得上。"

"这件破衣服？"她笑着说，抚摸了一下床上的被子。"你看起来没有休息好。"她说。

"我没怎么睡着。"我说。

"我也睡得不太好。"她说。

"一定是旅行的原因。"我说。我想到两年前，我在行李箱之间拥抱她的情景。

"也可以这么说。"她笑了起来。这时我告诉她，我要把书收起来，示意她该走开了。她疑惑了一会儿，耸了耸肩，又笑了起来。"你真奇怪。"她说，"你是格劳科的朋友中最奇怪的一个。"独自一人时，我看了看咖啡杯，还剩下一点咖啡，我把它喝完了。我又躺在床上，听着挖掘机的声音。

十

住过的所有旅馆中，我最喜欢鲜花广场后面的那家。我喜欢在夜里穿过小巷，经过寂静空旷的广场，回到那里。这是城市古老的心脏，五百年前，那些充满想象力的建筑师在教皇严格的命令下建造了这些石头建筑。许多教堂挤在住房之间，石灰石建造的穹顶刺向天空，彰显上天的残暴。白天，这个城区就像蚁穴，但到了晚上，就能感觉到这里曾在河水的水平线之下，房屋的墙壁上有石质的标牌，上面写着日期，标明了之前发洪水时的水位。但在一道道高耸的河堤庇护下，城区就好像干涸了，楼房墙壁上出现了巨大的裂缝，墙皮脱落。走在街道上，透过窗户，可以看到绘有壁画的天花板正在崩塌。作坊里的工匠看起来总像是在修理什么东西。

我经常和一个叫桑德拉的女孩见面。她二十二岁，我们经常在纳沃纳广场碰面，一起吃饭，然后去看电影。她喜欢去艺术影院，但那里放映的电影我都已经看过了。最后，我让她在我和艺术影院之间做出选择，而她选择了艺术影院。除此之外，我每天都会去《体育邮报》报社，但不再和罗萨里奥一起工作。因为有一次，一位记者生病了，我替他写了篇文章，这为我打开了成为记者的大门。我没有任何理由不接受这份新工作，但罗萨里奥不接受，因为我在做他一直梦想做的事情，而且挣得比他更多。他对我变得冷淡，这让我很难过，因为他经常在我落难时帮助我。我尽可能去他工作的地方看望他，但这只会让他更忿忿不平，最后我不再去找他。

春天到了。负责网球版面的编辑写了一篇对利维奥·斯特雷萨的采访。斯特雷萨已经四十岁了，又开始参加比赛，编辑想知道，久别赛场的他还能有什么样的表现。比赛在罗马举行，我通过《体育邮报》对他的报道跟进着这场赛事。令所有人惊讶的是，斯特雷萨打了几场精彩的比赛，再加上一丝好运，最终进入了决赛，迎战一位二十岁的波兰选手。这个波兰人之前淘汰了这次比赛的头号种子选手。我想了一下，决定去观看这场比赛。

那是一个阳光灿烂的春日，看台上有电影演员、导演、作家、记者、城里最漂亮的女孩，还有通常在杂志上看到的那些女人。人们非常期待这场比赛，所有人都在四处走动，寻找最好的座位。我在最中间的看台，也就是票价最贵的位子上，寻找那帮人的身影，但我没看到他们。后来我发现，他们在球场尽头低处的看台台阶上，不用扭头就能看到比赛，还可以在球员背后几米的地方为他们加油呐喊。他们头上都戴着造型奇异的白帽子。所有人都来了：伦佐夫妇、埃娃、年轻的俄罗斯人、模特、幽默作家，还有那个留着白胡子的小说家——他去年冬天出版了一本书，不过并没有获得什么奖项。只有阿丽安娜不在。斯特雷萨进场时，一帮朋友都站起来为他助威，但他非常紧张，只是看了他们一眼。

这是一场漫长而令人疲惫的比赛。斯特雷萨是个好球员，聪明而冷静；那位波兰球员金发碧眼，很受女人的追捧，打起球来也很霸道。他们打了一会儿，人们就可以看出，体力能撑到最后的人就会赢。在将近三个小时的比赛里，那帮人一会儿兴高采烈，一会儿垂头丧气。每次斯特雷萨处于球场上他们落座的那一侧时，他们都会大声欢呼，以至于裁判不得不数次要求他们安静。但说起来，比赛很刺激，第五局开始时，斯特雷萨一个反手击球，球落入网中，连我也为他叫好。我不知道我为什么要这样做。也许是因为我的伤好了；也许是因为他正在沉默和孤独中，以那种微妙而残酷的方式遭罪，网球就是以这种方式折磨人；也许是因为我曾在剧院的门厅里，看到他帮埃娃拿着杯子，而在球场上面，在所有人的呼喊中，现在他看起来不再像一只迷失方向的鸟，而像一只勇猛无畏地投入战斗的公鸡。也许是因为我们都曾把阿丽安娜拥入怀里，后来都失去了她。

最后一场比赛在令人紧张的沉默中进行，两名球员发出的每个球都是致命的。斯特雷萨打过去一个吊球，波兰选手做出了最后的挣扎：他在网下接住了球，又把球向上挑起来，抛入对方的场地。我看到，球场尽头的斯特雷萨站着不动，闭上了眼睛。一阵惊叫声响起，我听出了埃娃的声音，看台上响起了一阵掌声，像是获得了解放。这时那个波兰球员崩溃了，大哭起来。斯特雷萨却露出了一个微笑，把手放在对手的肩膀上，对他表示祝贺。这时候，我很高兴我曾为他加油，我总是喜欢那些输得起的人。

我在人群中走向出口，快走到栅栏门时听见有人在叫我。是埃娃。她应该和其他人走散了，我只看到了她一个人。"你在做什么？"她有些犹疑地说，"都不跟我打个招呼吗？"她不得不拉住我的胳膊，人群太拥挤了，把我们挤向看台那边。"天啊，这些人太可怕了。"她满脸惊恐地说。她的脸被太阳晒得有些发红，墨镜里有周围人群的倒影。

"我刚才没有看到你。"我说，"我为利维奥感到遗憾，他打了一场很精彩的比赛。"但她并不想和我谈利维奥·斯特雷萨。人群让她感到害怕，她一直惊恐地看着四周。"你没有阿丽安娜的任何消息吗？"她问，依然拉着我的胳膊，"你知道他都不让我们见面吗？你知道她特别恨我吗？我原本希望今天能见到她！"我看了看四周，看到那帮朋友中的几个。人群把他们冲散了，这些人现在正寻找着彼此，试图重新会合。埃娃还是没有放开我的手臂。"你确定，你一点她的消息也没有吗？我求你了！你有什么消息就告诉我吧。"她的声音有些激动，我能感觉到，在镜片后面，她的眼泪在眼眶里打转。"我不知道。"我说，"我什么也不知道。如果我知道的话，我一定会告诉你的。"我说的是实话，我的确会告诉她的。她点了点头。"好吧。"她说，"我知道你会告诉我的，你是个明白事理的人。"她犹豫了一会儿，向我伸出手。"你不想和我握一下手吗？"她说。我握了握她的手。她说："对不起，我请求你的原谅。"这时候，不知道为什么，我也向她请求原谅。有人在喊她的名字，她在离开之前，又一次回头看了我一眼。人群从她的墨镜里溢出来，吞没了她。

我知道，我会和阿丽安娜重逢，我有这种预感。那是我见到埃娃一个星期之后的一个下午。她慵懒地走在弗拉蒂纳街上，看着两边的橱窗。我从《体育邮报》报社出来，正准备走回旅馆。她看见了我，热情洋溢地说："不可能吧！"

"还是有可能的。"我说，"我还活着。"

"我永远都不会原谅你。"她说，"你究竟做了什么？"她抓住我的手腕，说："让我看看你有没有伤疤。"然后她端详着我。"我很高兴见到你，你知道吗？"她的声音和语调有点不一样了，但我还能听出来是她。即使再过一千年，再过一万年，无论我处于什么样的世界，我还是能够听出她的声音。我们沉默了一会儿，互相打量。她依然美丽动人，但时尚变了，她自然也变了。她穿着一条到脚踝的裙子，一件丝绸衬衣，胸前有一朵黑色的蝴蝶结。她梳着马尾，整个脸庞似乎都要被她的那双大眼睛吞噬。她很平静，样子也端庄了许多，就像在那些黄褐色的老照片里看到的女人。"你要不要来一杯鸡尾酒？"她说。

"我已经戒酒了。"

"你又戒酒了？简直成了你的毛病了。"她说着，走进眼前的酒吧。她要了一杯雪莉酒，并对酒保露出她特有的微笑。那是个上了年纪的酒保，让她想起了桑德罗先生。

"桑德罗已经不在这里了。"我说，"他已经退休了。"她想知道桑德罗去哪儿了，我说出了我第一时间想到的地方——斯特雷萨的一家老旅馆。

"我们别提这些名字，拜托了。"她说，"你在做什么？"

"还是之前的工作。"我说，"你的建筑学怎么样了？"

"我喜欢罗马式风格。"她天真地说，"为什么问这个？"我们笑了起来，从酒吧里出去，走在街上，看那些商店的橱窗。"你记不记得，我之前有多喜欢想象自己可以买很多衣服？"她说。我记得。"现在我都买得厌烦了，但他还是希望我买新衣服，希望我穿新衣服。"她有些不耐烦地说。"你爱他吗？"我问道。她说，他们会在夏末结婚。

"很好。"

"哪儿好了！是你的话，应该说'不好'。"

207

"不好。"

她耸了耸肩膀，径自进了一家商店，把我丢在那里。我发现，我这辈子再也不会爱上其他女人。我跟着她进了店里。她有些神经质地看着衣架上展示的一排衣服。"这儿什么都没有，一直都是这样。"她旁若无人地说，根本不管售货员就在面前。她从那家店里出来，进了隔壁的一家店。我们一起逛了六七家店，最后她看上了一条红裙子，付了一大笔钱买下来。她的手提包里装着厚厚一叠支票。在许多家商店里，当她寻求我的建议时，那些店员都看向我。"我会为这个下午付出巨大的代价。"她笑着说，"他那么爱吃醋！"

"那我走了。"我说。

"为什么？"她说，"我不再怕死了。再说，这多么浪漫！"她一边说，一边把手臂搭在我的肩膀上，脸颊挨着我的脸。"你的味道，"她说，"总是那么诱人！还有你车里的气味。你还在开那辆车吗？"

"是的。"我说。以前的一些记忆片段在我内心浮现，有那么一刹那，很多被遗忘的情感向我涌来，让我难以自持。那是我人生中的最后一个夏天，是我和她一起度过的最后一个夏天。我什么话也没说，她也没有说话，但她也应该在想着同样的事，因为当我们的手碰到彼此时，我们把手紧紧地握在一起。她的手在我手里，她的手很小，也很冰冷。在我们周围，那些人的面孔消失了，周围熙熙攘攘，人们的面目变得模糊，仿佛和我们没有任何关系。"我们去旅馆割腕吧。"我说。

"假如我们真要去旅馆，也许可以做些更有趣的事。"她说，"你已经不住之前的房子了吗？"

"我不住在那里了。"我说，"再说，那里也已经和之前不一样了。"

"当然。"她说，"因为我不在那里了。"她停在了一家书店前。"我想送你一个礼物。"她说，"但不是一本书。我要送你一样灰色的东西，就像你的眼睛。"

"不用。"我说。

"求你了。"她说。我耸了耸肩膀，她拉着我，逛了一家又一家店，最后找到了一件灰色的真丝衬衣。

"你觉得他买得起吗？"我说。

"哦。"她没生气，说，"他买得起很多东西，只要有人继续买他的画。"

"尤其是那些很丑的画。"

"是的。"她想了一下说，"那些画很糟，他自己也知道。"

"你觉得，他也能买得起那个吗？"我指着一条上面带着银色阿拉伯花式的裤子，那是我见过的最难看的裤子。她嬉笑起来。"我觉得他可以买好几条。"她说，"你对那条红色阿拉伯花式的裤子有什么意见吗？"我对那条裤子没有意见，于是我们把它买了下来。我们又买了一双英国品牌的鞋子、几十条饰有龙和其他各种图案的中国风领带，还买了一双那种主教穿的拖鞋。我们从店里出来，拎着大包小包，时不时会有一两个袋子掉在地上，人们会在后面提醒我们。阿丽安娜转过身，恼怒地说："别来烦人，我们才不是那种会在地上捡东西的人。"她停在路中间。"还差一套天蓝色的晚礼服。"她看着屋顶上的天空说，"就像天空的颜色。"

　　"那样的衣服很难找到。"我说。

　　"那我们就等到黄昏，等到天空变成粉色。"她说，"我在西班牙广场看到过一套粉色的晚礼服。你觉得，来一个上面刻着你名字首字母的银质烟灰缸怎么样？或者一条金质的汽车钥匙链，就是那种带着品牌名字的丑东西。"

　　"只要是金的就好，不然无法启动车子。"我说，"但我更喜欢一只烟斗。"

　　"为什么是一只？"她说。我们进入一家烟草店，选了七只，一周都不重样。不知道为什么，其中镶嵌着牛头的那只烟斗让她笑得前仰后合。"那要给他买些什么吗？"我说，"我觉得不想着他，似乎很不礼貌。你认为他能买得起一盒雪茄吗？"

"来两盒吧。"她说，"不要那么小气。"

"现在几点了？"我指着她手腕上的小金表问。

"这手表准得令人讨厌。"她做了一个鬼脸说，"现在是下午茶时间。"我们附近有一家很优雅的茶室，但不能拎着那么多袋子去喝茶。我们叫了一辆出租车，让司机把那些大包小包送到我住的旅馆。

"没有一只腊肠犬，我们怎么能去喝茶呢？"我在一家宠物店门口停下说。店门口的橱窗里展示着一只腊肠犬。

"是啊。"她很振奋地说，"我觉得，它看起来够让人讨厌的了。"她坚决地走进商店。"把那只小怪物给我。"这只小怪物花了她很多钱，它的血统比一位神圣罗马帝国的伯爵还要复杂。但它和一般的腊肠犬同样可悲，在车水马龙中，它有些惊恐地跟着我们。

茶室里坐满了浑身珠光宝气的老太太。我们点了两杯橙子茶、店里所有种类的牛角酥和饼干，还有玛德琳蛋糕。"我们可以把蛋糕蘸着茶吃。"我说，"你看完《去斯万家那边》了吗？"

"整个冬天，我一直在读这本书。"她说着，给腊肠犬喂了一块蛋糕，"我有时候想大声朗读，但他觉得特别受不了。"

"太好吃了。"我说着，拿起另一块玛德琳蛋糕，"就像以前的味道。"

"当然。"她说，"现在只有在这里才能找到了。这是个可以常来的地方。"

"这种地方会变得越来越少。"

"亲爱的，世事难料，有什么东西是属于我们的呢？"那是一个我们之前经常玩的游戏。我说："我能清楚地看到一切，我们会在茶室里私会，我会在这儿结识一个非常有钱的老太太，我要谋杀她，偷走她的珠宝，然后和你一起逃到维也纳。"

她没有笑，只是做了个鬼脸。"老人也不是以前的老人了。"她说，"你应该看看他穿得像个嬉皮士时的样子。"她把杯子推开说："这些玛德琳蛋糕太恶心了。"她说着，把盘子放到腊肠犬面前，"你觉得，这个破地方会接受支票吗？"

我把服务员叫了过来，一字不差地重复了一遍阿丽安娜的话，从玛德琳蛋糕到破地方，再到支票。他听着我的话，那些话像石头一样砸向他，而他被绑在柱子上，承受着这一切，嘴角微微抽动着。他不愿接受支票，并叫来了经理，于是我们用那只腊肠犬抵了债，在那些太太玻璃般锋利的目光中离开了。

"哦。"在去旅馆的路上，阿丽安娜瘫坐在出租车的后座上说，"自从他在别墅的台阶上滑倒摔断了腿，我还没有这么开心过。"她说这话时，我在想，这世上还是有上帝的。"今天下午，刚开始是多么无聊啊。他从来不让我笑，也不让我哭，我都不知道怎么跟他相处！我真的太不幸了！"她很沮丧，我用手搂住她的腰时，她靠在了我的胸前。"天啊，我当时那么爱你。"她用沙哑的声音说，"我曾经那么爱你。"她一边说，一边轻吻着我的衣领。

"但你一直都在否认。"

"我那时是多么愚蠢！所有的一切都让我害怕，甚至是语言。那家旅馆在哪儿？"她一边问，一边继续吻着我的衣领。

"我不知道你会不会喜欢，那是一家非常简陋的旅馆。"

"哦，我喜欢简朴的旅馆。他总是去那些奢华的旅馆。那家旅馆里有妓女吗？"

"星期六和星期天有。"我说。她想知道我星期六和星期天都在做什么，她无法忍受自己不知道我周末在做什么。她一边说，一边亲吻着我的嘴唇，她的吻就像雨点一样轻盈。"你喝茶喝醉了。"我说，"醉茶是一件很可怕的事情。"

"是啊，如果是你说的，那就是真的了，我的天！"她大声说，"我没带任何证件，他们会让我进去吗？"但大堂里一个人都没有。我们俩走上楼梯，一直走到最顶层。我们一进到房间里，就看到那些大包小包堆在床上。我走到窗前，打开了窗子。从那里可以看到绵延的屋顶、台伯河两边的树木，还有教堂的顶部。远处，乌云开始聚集，天空变得暗淡。我感觉到她的手臂环绕着我的胸膛，头靠在我的背上。"你瘦了。"她说，"我到现在才发现。"

"你这儿有唱片吗？"她站在镜子前解开头发，问道。我找到一张一年前我们听过的唱片，里面都是些老歌，我把它放在我从山谷上的房子里带来的便携式唱片机上。她走到床边坐下，把那些大包小包扔在地上。当我转身时，她用手拍着床上的被子。她微笑着。"过来。"她给我腾出了一些地方，"我想闻闻你的味道。"我们并排躺在床上。她仍在微笑。"我想吻你。"她说着，嘴唇滑向了我的脖子。我感觉她的手指在解开我的衬衣，嘴唇落在我的胸口，潮湿而清凉。透过窗户，我看到天空逐渐失去了颜色。她在解我的皮带，解开之后，她还在吻我。这时我让她抬起头来，我推开她，自己脱掉了衣服。她也脱掉了自己身上的衣服，把裙子和衬衣扔在了地板上，她身上还隐约有泳衣留下的白色的晒痕。她笑着跳上床，然后收起了笑容，声音变得沙哑，说了一些她之前从来没有说过的话。我转过身去，用一种粗暴的方式吻了她。这时她沉默下来，当我吻上她的胸脯时，她的身体变得僵硬，好像在倾听什么。她又开始用沙哑的声音说话，我的怒火变成了一种灼热的欲望，那是我和她一直在寻找的东西。她也感受到了，笑着用她的腹部抵着我。"现在。"她匆忙说，"就是现在！"

当我起身重新放好唱片时，天空已经变得黑暗。"我喜欢这些歌曲。"我听见她说，"巴赫的那些破玩意儿，让我厌烦死了。"她的声音在漆黑的房间里响起，似乎有些异样，就像在清亮的乐音中，突然夹杂了一丝拉紧的琴弦所发出的刺耳声音。我来到了窗前，屋顶上的云层开始落雨。在巷子里，人们加快了脚步，时不时会听到金属卷帘门拉下的声音。

"要下雨了。"我说。

"你很伤心。"阿丽安娜说，"我能感觉到，你很伤心。"

"我不伤心。"我说。

"我真是太不幸了。"她说，"我总是做出错误的选择。现在我要回家，把那些大包小包全甩在他脸上。"

"别这样。"我说。

"为什么不呢？"她说，她的声音开始颤抖。

"我们承担不起这么做的后果。"我说。我感觉，她属于我。这种感觉从来没有像现在这么强烈过，但现在，她属于另一个男人。真是太倒霉了。我知道这意味着什么：她只有在属于其他男人时，才真正地属于我——只有当她也成了剩饭时，她才属于我。她默默地哭起来，没有发出任何声息。"别哭。"我说。

"哦，至少你要让我尽情哭一场。"她带着怒气说。这时我走到她跟前，坐在了床上。"我很羞愧。"她说，"我太羞愧了，我像个妓女一样做爱。"

"别傻了。"

"是的，就是这样。他总是去找妓女，是他教我这么做的。"我什么也没说。我们都那么衰老，一切都来得那么迟，来得那么糟糕。"格拉齐亚诺死了。"我忽然说，"你知道吗？”这时黑暗中传来了一阵抽泣，她泣不成声。我随即意识到，一切都和之前不一样了。这是我唯一能想到的话题，而这让她哭得撕心裂肺。她紧紧地抓着我的手，哭了很长时间，我听着她绝望的哭声。她慢慢平静下来。"我要回家了。"她说。

在巷子里，雨唰唰地下，声音就像有什么东西忽然洒落在地。我们默默穿上衣服，这时唱片还在播放着我们在一年前听过的那些老歌。我们走下楼梯来到大堂时，门房甚至都没从《体育邮报》上抬起眼来，但我觉得，阿丽安娜脸上的表情一下子僵硬起来。

地上已经干了，我们默默走向出租车停靠的地方。我们坐上出租车，我感觉自己没法就这样离开她。我想向她解释，想对她说很多话，车子行驶在车流中间，我的一只手臂搭在她的肩膀上，不知道该对她说什么。最后，我感觉到一阵疲惫，放开了她，头靠在后座的靠背上。"一切都发生在这短短一年里。"她轻声说，"一年过得太快了。"她闭上了眼睛。"有时候，"她说，"我想回医院去。但这次不会有人来接我了。"

"我会去的。"

"是的，你会来的。"她说。汽车终于开出了堵塞的路段，来到了圣艾利亚的别墅前，她不愿和我吻别，就急匆匆、头也不回地下了车。她打开栅栏门，走了进去，然后我看到她跑上楼梯，按下门铃，在丁香花的香味中等待着。她一直没有回头。她进了门。我看了看出租车司机，他正在问我，我们应该去哪儿。这里离旅馆不远，我想走一走。于是我付了钱，开始步行，有几滴雨水落下来，城市里弥漫着尘土的味道。

　　第二天早上，我从旅馆出来，去了《体育邮报》报社。夜里终于下过雨，空气很清新。当我身处河边拥挤的车流中，喇叭声此起彼伏时，我抬头看了看路边的树。那些树正在萌芽，我想夏天很快就会来临，然后是秋天和冬天，然后又是春天，周而复始。或者说，时间无边无际，毫无意义，似乎会永远这么延续下去。我要做些什么？突然间，我知道我该扬帆远行了。每个人都会离开，迟早的事。第一条规则：不要打破规则。我沿着一条畅通的道路，回到了旅馆。

　　我花了不到一个小时来收拾行李。我带了三件行李：一件是衣服，两件是书。那些书都是我一直带在身边的，从一家旅馆搬到另一家旅馆，从一个地方到另一个地方。那些书里有美杜莎丛书版的《尤利西斯》[①]、帕韦泽[②] 翻译的《白鲸》、康拉德，还有简装版的《了不起的盖茨 比》——虽然有些发黄，但仍然比较结实。我又拿了《马 丁·伊登》、纳博科夫、老赫姆[③]，以及艾略特、托马斯的 诗集，还有《包法利夫人》、《昨日的世界》、钱德勒、达 雷尔[④]的《亚历山大四重奏》，莎士比亚、契诃夫。我把这 些书都装在了两个行李箱里。

　　门房问我是不是要离开，他帮我把行李装上那辆破阿 尔法。"事情总是这样。"我说，"离开的总是那些最好的。" 看到我离开，他觉得很遗憾，现在他不得不自己去买《体 育邮报》了。我为了补偿他，把阿丽安娜留在房间里的大 包小包都给了他。我想，我应该给报社打电话，向罗萨里 奥告别，但我不想解释。我决定不告诉任何人，以后我会 给他们写信，让他们把要付给我的钱寄过来。现在，我有

---

① "美杜莎丛书"是由意大利蒙达多利出版集团（Gruppo Mondadori）从 1933 年起发行的系列图书，收录了数百部世界经典文学作品的意大利语 译本。其中，爱尔兰作家詹姆斯·乔伊斯的《尤利西斯》的意大利语版出 版于 1960 年。

② 切萨雷·帕韦泽（Cesare Pavese，1908—1950），意大利诗人、小说家、 文学评论家和翻译家，代表作《月亮与篝火》。

③ 原文为 Hem，即美国作家欧内斯特·海明威的昵称。

④ 劳伦斯·达雷尔（Lawrence Durrell，1912—1990），英国作家、诗人。

足够的钱旅行，无论我去哪儿，都可以维持一阵子。至于要去哪儿，我一点想法也没有。我一边思考这个问题，一边穿过这座城市，和罗马告别。从根本上来说，我并不恨这座城市，我没有任何遗憾之情，而这一点让我觉得遗憾。我看着那些台阶、教堂、摆在露天的咖啡馆的桌子，却并不觉得留恋。

我开上了环城路，它环绕着这座城市。我一边沿着这条路向前开去，一边看着路标指着的那些地方。但对我来说，每个地方都差不多，我把选择简化为向南还是向北。我选择了南方，那天阳光明媚，我可以沿着海边向前开，重新走一次我去接阿丽安娜时走过的路。我一路开着，路旁写着"罗马"一词的箭头越来越少，最后，我停下来加油。一路上的风景变化着。之前，我曾看到路边的树木被太阳晒得发黄，而现在四处都绿意盎然、丰盈茂盛。这是一个美好的清晨，适合旅行。离海越近，天气就越温和，最后我摇下了所有车窗。大海终于出现在眼前，我想，我可以在那个碉堡旁的海湾里游泳。

一个小时后，那个海湾出现在我面前，异常美丽。它比我记忆中的更加宽阔，也更加荒凉。这里之前一定是涨潮了，海滩上到处都是各种残骸碎片，还有在阳光下发黑的树干。右边的山岗上，撒拉逊碉堡黑魆魆的，矗立在礁石上，在它的映衬下，天空显得格外蔚蓝。我从老阿尔法上下来，穿过了灌木丛。沙滩上到处都是水果箱、木板、罐头和腐烂的花。我到了海边，海水并不冷。我回到老阿尔法旁，开始脱衣服。把衣服从头上扯下来的时候，我才意识到：这里是我见过的最美的地方，我哪儿也不去了。除了这里，我没有任何地方可以去。我在车里坐下，点了一支烟抽起来，思考着如何实现我现在唯一要做的事。

最难的是不让自己浮起来。我马上想到了行李箱。那两个用来放书的行李箱很重，我不得不一个一个地把它们搬到海边。我想在老阿尔法的引擎盖里找两段绳子，但我只找到了一段。我设法在挡泥板上把它磨断。正要关车门时，我想，我不能穿着泳衣做这件事。因此我翻了一下行李箱，找到了那套白色的西装，把它穿在身上，然后卷起裤腿，向海边走去。我不得不用上牙齿，才艰难地把第二个行李箱绑在手上。我试着把两个行李箱拎起来，简直太沉了。但沉就对了，否则达不到我的目的，或者说，会让那个目的更难实现。我进入水中，冰凉的海水浸没了我的脚踝。我看了一眼海湾，两边的海滩像手臂一样张开，在太阳下渐渐变得模糊。我已经到了极限。

这就是所有的一切。

就像我之前说过的，我不生任何人的气，我握着自己的牌，然后把它们打了出去。没人逼迫我，我也没有任何遗憾。有时候我会想，一切刚刚开始的那个早上，如果没有下雨，如果我的口袋里有钱和其他我需要的一切，我的生活会是什么样子，可我想不出有什么特别的。但我会想到我的城市、我们的城市，想到台伯河边上的那些树，还有刺向天空的教堂尖顶。我想到格拉齐亚诺的电影，想到阿丽安娜为了让自己的日子变得有序而贴在门上的纸条。我想到我结束了的青春和我将不会拥有的暮年。我想到那些没有实现的事、那些出生时已死的婴孩，想到天使，想到那些想象出来的爱情，那些在黎明破灭的梦境。我想到那些永远死去的东西，想到那些大屠杀——被砍伐的树木、被猎杀的鲸鱼，还有那些已经灭绝的物种。我想到第一条离开水之后存活下来的鱼，它挣扎着，繁衍生息。我想到一切都奔向大海，而大海会包容所有，所有那些无法诞生和永远死去的事物。我想到天空打开的那一天，这些事物将会第一次——或者说再一次——获得存在的权利。

www.giunti.it
www.bompiani.it

Questo libro è stato tradotto grazie a un contributo del
Ministero degli Affari Esteri e della Cooperazione Internazionale Italiano.
感谢意大利外交与国际合作部对翻译本书中文版提供的资助。

图书在版编目(CIP)数据

虚掷的夏日 /（意）詹弗兰科·卡利加里奇著 ; 陈
英译. —— 海口：南海出版公司，2023.9（2025.9重印）
ISBN 978-7-5735-0561-3

Ⅰ. ①虚… Ⅱ. ①詹… ②陈… Ⅲ. ①长篇小说－意
大利－现代 Ⅳ. ①I546.45

中国国家版本馆CIP数据核字(2023)第120343号

著作权合同登记号 图字：30-2023-056

虚掷的夏日

〔意〕詹弗兰科·卡利加里奇 著

陈英 译

出　　版	南海出版公司　（0898)66568511	
	海口市海秀中路51号星华大厦五楼　　邮编 570206	
发　　行	新经典发行有限公司	
	电话(010)68423599　　邮箱 editor@readinglife.com	
经　　销	新华书店	

责任编辑　侯明明
特邀编辑　刘书含　周雨晴　吕宗蕾
营销编辑　金子茗　郑博文　王蓓蓓
装帧设计　韩　笑
内文制作　田小波

印　　刷　河北鹏润印刷有限公司
开　　本　850毫米×1168毫米　1/32
印　　张　7.5
字　　数　111千
版　　次　2023年9月第1版
印　　次　2025年9月第4次印刷
书　　号　ISBN 978-7-5735-0561-3
定　　价　49.00元